www.tredition.de

AF205059

Urs Aebersold

* 1944 in Oberburg / CH

1963 Abitur in Biel/Bienne (CH)

1964 Schauspielschule in Paris, Kurzspielfilm "S"

Studium an der Universität Bern

Weitere Kurzspielfilme. "Promenade en Hiver",

"Umleitung", "Wir sterben vor"

1967-70 Studium an der HFF München

1974 Erster Kinospielfilm DIE FABRIKANTEN

als Co-Autor, Co-Produzent und Regisseur

Diverse Drehbücher für "Tatort"

1986-93 Spielfilmredaktion Bayerischer Rundfunk

Ab 1994 wieder freier Autor und Regisseur

Ab 2016 erste Buchveröffentlichungen:

**VERZAUBERT / NOVEMBERSCHNEE / DAS BLOCKHAUS -** Drei Erzählungen

**JULIA / AM ENDE EINES TAGES / DUNKEL IST DIE NACHT -** Drei Erzählungen

**NUITS BLANCHES** – Roman

**DER BAUCH MEINER SCHWESTER / EIN PERFEKTES PAAR / DIESES JÄHE VER-STUMMEN** – Drei Erzählungen

# BLUT WIRD FLIEßEN

Psychothriller

**Urs Aebersold**

© 2018 Urs Aebersold

Cover-Foto: Standbild aus dem Kurzspielfilm

BALLANTINE'S von Urs Aebersold

Verlag: tredition GmbH, Hamburg


ISBN

Paperback: 978-3-7439-8681-7

Hardcover: 978-3-7439-8682-4

e-Book:     978-3-7439-8683-1


Printed in Germany

# BLUT WIRD FLIEßEN

Während er auf den Aufzug wartete, schloß sich die Tür der Praxis hinter ihm mit einem mißtönenden, metallischen Knirschen. Er fühlte sich gedemütigt und leer. Dieses überhebliche Ärztepack! Sie hatten keinerlei Hemmungen, die Hand aufzuhalten und die Provisionen zu kassieren, die ihnen die Pharmakonzerne anboten, doch ihn, den Überbringer, behandelten sie wie den letzten Dreck, dabei kannte er aus geheimen Aufzeichnungen, die ihm für die Verhandlungen zur Verfügung standen, und aus den Gesprächen, die er führte, so viele mittelmäßig Begabte, die den Arztberuf nur gewählt hatten, um soviel Geld wie möglich zusammenzuraffen. Und ihm, der sie alle in die Tasche steckte, hatten sie das Diplom verwehrt, weil sie seine Überlegenheit spürten und ahnten, daß er sich nicht an ihre Spielregeln halten würde.

Er trat auf die Straße und fand sich im schlimmsten Feierabendverkehr wieder. Er verzichtete darauf, ein Taxi zu rufen, und ging zu Fuß zur der nächsten U-Bahnstation.

Im Hotel nahm er eine Kleinigkeit zu sich, noch viel zu aufgewühlt, um mit Genuß zu essen, ging auf sein Zimmer und rief seine Frau an. Ihre Stimme *klang schwach, offenbar hatte sie sich immer noch nicht richtig von ihrer Grippe erholt. Er sprach ihr gut zu, die Medikamente zu nehmen, die er ihr besorgt hatte, morgen gegen Mittag sei er wieder zu Hause.*

*Im Fernsehen sah er sich eine Nachrichtensendung an und ging früh zu Bett, er wollte fit sein, wenn er morgen den ersten Flieger bestieg.*

*Zu Hause angekommen, wunderte er sich, daß seine Frau auf sein Klingeln nicht reagierte, er schloß auf und fand sie im Schlafzimmer, apathisch auf dem Bett liegend. Er beugte sich zu ihr nieder, küßte sie leicht auf den Mund und erstarrte. Ihr Gesicht war wächsern, ihre Augen fixierten bewegungslos die Decke, entlang der Beuge ihres Arms, der vom Bett herunterhing, zog sich ein roter Striemen. Blutvergiftung! Seine geliebte Frau, sein einziger Halt im Leben! Und er hatte nach Schüttelfrost und Fieberschüben Grippe diagnostiziert! Panik ergriff ihn, wie hatte er sich dermaßen irren können?*

*Das Taxi hielt vor der Haustür, er schob seine Frau auf den Rücksitz, setzte sich neben sie und hielt ihren Arm umklammert, als könnte er damit seinen Irrtum ungeschehen machen, doch insgeheim wußte er, daß sie verloren war.*

# 1

Es war noch früh im April, die Dämmerung war hereingebrochen, und ein leichter Nieselregen setzte ein. Der mausgraue Fiesta stand auf dem freien Platz zwischen riesigen, menschenleeren Lagerhallen, versteckt neben einem Tieflader, auf dem ein Bagger festgezurrt war, und einem schmutzigen Pick-up, von dem man nicht sagen konnte, ob er noch fahrtüchtig war, dahinter stand ein Container, der von Bauschutt überquoll.

Nina Brandner, die langen schwarzen Haare zu einem Pferdeschwanz gebunden, rutschte nervös auf ihrem Fahrersitz hin und her und versuchte krampfhaft, die Einfahrt zu den Lagerhallen im Auge zu behalten. Das hatte gerade noch gefehlt! Sie konnte kaum noch etwas erkennen, die Lampen, die hoch oben an den Toren der Hallen befestigt waren, verbreiteten nur einen trüben Schimmer, und die Scheibenwischer durften sie auf keinen Fall betätigen, und sei es nur für eine einzige Wischbewegung, falls sie nicht ihre Tarnung riskieren wollten.

Nina sah zu ihrem neuen Kollegen Hannes Balkenhausen hinüber, mit dem sie zum ersten Mal im Einsatz war, und ärgerte sich augenblicklich über ihn. Blond und eckig, die Haare modisch geschnitten und gegelt, biß er seelenruhig von einem Sandwich ab und trank aus einem silbernen Becher Kaffee, den er in einer Thermoskanne mitgenommen hatte.

Balkenhausen spürte ihren Blick und wandte fragend den Kopf.

"Was ist? Warum machen Sie die Scheibenwischer nicht an?"

Nina versuchte ruhig zu bleiben.

"Wieso nicht gleich das Fernlicht, damit jeder weiß, daß wir hier sind?"

"Wir warten jetzt schon über eine Stunde auf das Phantom... warum gehen wir nicht einfach rein und suchen selber nach dem Diebesgut?"

"Schon vergessen? Ein Ladenbesitzer wurde niedergeschossen, wir suchen einen Mörder, wir sind nicht das Raubdezernat..."

"Sind Sie sicher, daß sich Ihr Tipgeber nicht irrt?"

"Falls der Mann, auf den wir warten, zum Versteck geht, das auf diesem Gelände sein soll, dann gehört er tatsächlich zur Bande, wie unsere Kollegen vermuten, vielleicht ist er auch der Mörder..."

Nina sah wieder angestrengt aus dem Fenster. Balkenhausen stopfte sich den Rest des Sandwichs in den Mund, trank den Kaffe aus, stellte den Becher auf den Boden und richtete sich wieder auf. Nina stieg der Geruch des billigen Gels in die Nase, mit dem er sich die Haare in Form brachte, und im gleichen Moment flammten weit vorne zwei Autoscheinwerfer auf, die sich langsam näherten.

Nina sah ihren Kollegen scharf an. Ihre dunklen Augen schienen ohne Pupillen.

"Es geht los... denken Sie daran, wir sind hier, um zu beobachten und Fakten zu sammeln. Zugriff nur auf mein Kommando... und jetzt ducken Sie sich..."

"Sie sind der Boß..."

Balkenhausen nahm seine Waffe aus dem Holster und entsicherte sie, Nina tat es ihm gleich, beide rutschten auf ihren Sitzen nach vorne.

Das Auto, ein großer Kombi, bog um die Ecke, seine Scheinwerfer wischten kurz über den Parkplatz, auch über die regennasse Windschutzscheibe des Fiesta, der genauso verlassen wirkte wie die anderen abgestellten Fahrzeuge.

Der Kombi kam zum Stehen, ein Mann stieg aus, ging schnell zu einem verschlossenen Nebeneingang und öffnete umständlich das Vorhängeschloß. Kaum war er im Inneren der Halle verschwunden, stieß Nina Balkenhausen an und machte ihm ein Zeichen mit dem Kopf. Leise und geduckt stiegen sie aus ihrem Auto, schlossen geräuschlos die Türen und eilten dem Mann nach, nicht ohne sich vorher das Nummernschild des Kombis zu merken.

Mit äußerster Vorsicht schoben sie sich durch die Eisentür und lauschten auf die Geräusche des Mannes, der vor ihnen die Halle durchquerte und sich gut auszukennen schien. Ganz hinten befand sich eine Art Büro mit winzigen Fenstern zur Halle, dessen Tür ebenfalls mit einem Vorhängeschloß gesichert war. Der Mann schien sich sehr sicher zu fühlen, denn kaum war er in dem Verschlag verschwunden, ging dort das Licht an.

Nina gab Balkenhausen wieder ein Zeichen, beide huschten lautlos durch die Halle und duckten sich unter die Fenster, aus denen ein schwacher Lichtschein in die Halle fiel. Nina hob ihren Kopf bis unter den Fensterrahmen und schob ihn für einen Sekundenbruchteil so weit vor, daß sie einen Blick in den Raum werfen konnte. Der Mann stand mit dem Rücken zu ihr und starrte in die riesigen Metallschränke, die er geöffnet hatte und vollgestopft waren mit Laptops, Smartphones, Fernsehern, Musikanlagen und anderem elektronischen Gerät. Nina wagte sich noch einmal vor und sah, wie der Mann, immer wieder auf ein Blatt Papier blickend, offensichtlich verschiedene Geräte für eine Bestellung zusammenstellte.

Nina überlegte fieberhaft und blickte zu Balkenhausen hinüber, der seine Neugier nicht zügeln konnte und ebenfalls einen Blick riskierte. Zu ihrem Entsetzen stand er danach auf, ging, ohne sich mit ihr zu verständigen, um die Ecke herum und spazierte mit gezogener Pistole ins Büro.

"Hände hoch und ganz langsam umdrehen..."

Nina schnellte hoch, packte ihre Waffe, rannte ins Büro und ließ den Mann nicht aus den Augen, der Balkenhausens Anweisungen widerstandslos zu befolgen schien, doch dann ließ er sich blitzschnell seitwärts fallen und hatte plötzlich einen Revolver in der Hand. Balkenhausen war so verwirrt, daß er zweimal ins Leere schoß, und nur ein rascher, gezielter Schuß Ninas in den Arm des Mannes verhinderte, daß er seine Waffe abfeuern konnte.

Nina wandte sich wutentbrannt an ihren Kollegen.

"Verdammt nochmal, haben Sie den Verstand verloren?"

Balkenhausen schien wie aus einem Traum zu erwachen und sah zu, wie Nina die Waffe des Mannes mit einem Fußtritt aus dessen Reichweite beförderte, den gesunden Arm mit Handschellen an die Heizung fesselte und sich um die Wunde kümmerte.

"Ein glatter Durchschuß... Sie haben Schwein gehabt..."

Der Mann murmelte ein paar Flüche und ließ sich widerwillig von Nina verarzten, die sich kurz zu Balkenhausen umwandte.

"Los, fordern Sie Verstärkung an, die Spurensicherung, das ganze Programm, und wir brauchen einen Krankenwagen..."

Balkenhausen steckte seine Pistole zurück ins Holster, griff nach dem Mobilfunkgerät und erledigte den Auftrag, dann trat er neben Nina und ließ sich reumütig neben ihr in die Hocke nieder.

"Tut mir leid... ich weiß auch nicht, was mit mir los war, es schien alles so einfach..."

Nina öffnete den Gürtel des Mannes, zog ihn ab und wickelte ihn um den verletzten Arm, um die Blutung zu stillen.

"Sparen Sie sich ihre Worte, bis unsere Leute hier sind..."

Müde und abgekämpft drückte Norbert Wagner die Tür zum dunklen, verlassenen Dienstzimmer auf und machte das Licht an. Es war ein anstrengender Tag gewesen auf der Intensivstation, ganz zuletzt wurde noch ein Mann eingeliefert, der mitten auf der Straße einen Herzinfarkt erlitten hatte und es nur dank aufmerksamer Passanten, die sofort eine Ambulanz riefen, und dem Geschick der Sanitäter bis ins Krankenhaus schaffte. Eine Notoperation rettete ihm endgültig das Leben, wenn er Glück hatte, dämmerte er jetzt seiner Genesung entgegen.

Wagner hängte den Arztkittel in den Spind, schlüpfte in sein Jackett und wusch sich nochmal gründlich die Hände. Im Hinausgehen warf er einen Blick in sein Postfach, das mittags noch leer gewesen war, und sah einen weißen Umschlag darin liegen. Er zog ihn heraus, es war ein Schreiben seines Arbeitgebers. Hastig riß er ihn auf, faltete den Brief auseinander und erschlaffte. Nichts wurde aus seiner Ernennung zum Oberarzt, sie vertrösteten ihn auf unbestimmte Zeit. Was, wenn er bis dahin dem Spardiktat zum Opfer fiel? Er hatte eine Wohnung gekauft im festen Glauben, daß seine positiven Bewertungen honoriert werden würden, und seine Frau erwartete das erste Kind. Er schob den Brief wieder in den Umschlag, stopfte ihn in die Jackentasche, löschte das Licht und schloß wütend die Tür mit einem lauten Knall hinter sich.

Reglos, mit gesenktem Kopf, saß Wagner eine Weile am Steuer seiner Limousine, dann drehte er energisch den Zündschlüssel und wand sich aus der engen Tiefgarage. Draußen war um diese Zeit kaum noch Verkehr, er überließ sich ganz den vertrauten Handgriffen des Fahrens, und dieses ruhige Dahingleiten schien ihn allmählich zu beruhigen.

Wagner war nicht aufgefallen, daß ihm schon seit der Ausfahrt aus der Tiefgarage ein kleines schwarzes Auto folgte, das keine Mühe hatte, unauffällig an ihm dranzubleiben. An der Stadtgrenze gab er Gas, er hatte es nicht mehr weit bis nach Hause. Mit der Fernbedienung öffnete er die Tiefgarage der Wohnanlage und rollte hinunter auf seinen Parkplatz. Als das Tor schon wieder zuglitt, fuhr das schwarze Auto rasch hinterher. Wagner stellte den Motor ab und atmete ein paarmal tief durch, dann öffnete er bedächtig die Tür und stieg aus. Wie sollte er diese demütigende Neuigkeit seiner Frau beibringen? Er hatte sie doch die ganze Zeit in Sicherheit gewiegt, als sei seine Beförderung beschlossene Sache! Ein plötzlicher Schmerz oberhalb der Schulterblätter veranlaßte ihn, nach hinten zu greifen, doch da spürte er bereits eine Lähmung, die jede Bewegung unmöglich machte. Bevor er fiel, stand plötzlich ein Mann vor ihm, um die fünfzig, in enganliegender, schwarzer Trainingskleidung, das Gesicht bleich, mit dicker Hornbrille, deren Gläser seine Augen grotesk vergrößerten, und verblichenen, nach hinten gekämmten, strähnigen Haaren. Mit beiden Händen, die in lila Gummihandschuhen steckten, griff der Mann nach seinen Schultern und stieß ihn grob ins Auto zurück. Dann war auf einmal ein Skalpell in seiner Hand, er faßte nach Wagners Arm, der kraftlos herunterbaumelte, und sah ihm prüfend in die Augen. Wagners Pupillen weiteten sich in stillem Entsetzen, die einzige Reaktion, derer er noch fähig war, gleichzeitig wunderte er sich über die tiefen Falten auf der Stirn des Mannes, die dessen Gesicht einen unangemessen kummervollen Ausdruck verliehen.

Im Dienstzimmer korrigierte Nina Brandner ungeduldig ein paar Fehler in ihrem Bericht, druckte ihn aus und legte ihn Hannes Balkenhausen zur Unterschrift vor. Die ganze Zeit hatte er in gedrückter Stimmung neben ihr gesessen und nur ab und zu mit Formulierungsvorschlägen ausgeholfen. Er setzte seine schwungvoll verschnörkelte Unterschrift unter den Bericht, bevor ihn auch Nina unterschrieb. Von nebenan aus dem Konferenzraum drangen Gelächter und Stimmengewirr herüber, und Nina wandte sich fragend an ihren Kollegen.

"Walter Helwig feiert seinen Fünfundsechzigsten, in ein paar Monaten hört er auf... kommen Sie noch mit rüber, um ihm zu gratulieren?"

Balkenhausen vermied es, ihr in die Augen zu schauen.

"Bitte tun Sie's in meinem Namen... ist heute nicht mein Tag..."

Balkenhausen packte seine Sachen zusammen, nickte Nina zu und war schon aus der Tür.

Nina sah ihm erbost nach, legte den Bericht in den Postausgang, schloß das Dienstzimmer ab und öffnete die Tür zum Konferenzraum.

Nur noch wenige Kollegen feierten mit Hauptkommissar Walter Helwig, ihrem Partner. Vor einer Woche war er von einem mordverdächtigen Drogendealer mit einem Messerstich verletzt worden und heute extra nur zu seiner Geburtstagsfeier erschienen. Es war eine sehr frugale Party, auf der keiner über die Stränge schlug, ein Kasten Bier und ein paar Schalen mit Chips waren das höchste aller Gefühle.

Die Kollegen sahen Nina in der Tür stehen, und wieder spürte sie mit Unbehagen ihre verstohlenen, anzüglichen Blicke, die an ihren weiblichen Formen hängenblieben, obwohl sie versuchte, ihre Kleidung so neutral wie möglich zu halten. Einmal mehr wünschte sie sich für ihren Beruf nicht so ausgeprägte Hüften und weniger Oberweite, auch wenn sie selbst mit sich zufrieden war.

Helwig, mittelgroß, drahtig, mit grauem Stoppelhaar und scharfen, blauen Augen, ein Terrier, der nie aufgab, drehte sich erwartungsfroh zur offenen Tür um, stellte sein Bierglas ab und kam freudestrahlend und mit ausgebreiteten Armen auf Nina zu. Er war der einzige, der sie nie angemacht und nur nach ihren Fähigkeiten beurteilt hatte.

"Na, da ist sie ja endlich, die frischgebackene

Hauptkommissarin..."

Nina erwiderte die herzliche Umarmung, es war wie das Gefühl, wieder zu Hause zu sein, dann faßte Helwig sie an den Schultern und hielt sie auf Armeslänge von sich weg.

"...und einen Mörder hast du auch gleich gefangen..."

"Ja... der Typ wollte seinen Kopf retten und konnte nicht aufhören zu reden... jetzt haben wir die ganze Bande, auch der Mörder ist dabei..."

Helwig ließ Nina los und griff wieder nach seinem Bierglas.

"Ich kann dir leider nur Bier anbieten, mehr war bei den Kollegen nicht drin..."

"Ein Schluck zum Anstoßen vielleicht... ich bin so müde, daß ich auch ohne Droge schlafen kann..."

Helwig goß Bier in ein Glas und reichte es ihr. Nina nahm es entgegen und stieß mit ihm an.

"Ganz herzlichen Glückwunsch zum Geburtstag... ich wünschte, du wärst ein paar Jahre jünger und würdest mir noch länger erhalten bleiben..."

"Alles hat ein Ende, und beibringen kann ich dir sowieso nichts mehr... außerdem hast du ja schon einen neuen Partner, er soll sehr forsch sein, wie ich hörte..."

Helwig lachte lautlos, und seine Augen blitzten.

Nina sah verlegen zu Boden.

"Männer sind wohl so... sie müssen sich immer beweisen..."

Helwig wollte etwas erwidern, als die Tür erneut aufging und ihr Chef, Hartmut Zirner, in der Öffnung erschien. Er suchte den Raum kurz mit den Augen ab und kam dann schnurstracks auf Nina und Helwig zu.

"Gottseidank finde ich Sie beide hier..."

Zirner sah sich nach den anderen Kriminalbeamten um, die ihn zwar aufmerksam beobachteten, aber in ihren Gesprächen fortfuhren, als sei nichts weiter geschehen. Er senkte die Stimme.

"Wir haben wieder einen dieser mysteriösen Fälle von Selbsttötung... die Spurensicherung habe ich bereits losgeschickt..."

Helwig sah von Nina zu Zirner.

"Das ist bereits der fünfte..."

"Ja, so ist es..."

Zirner wand sich ein wenig, bevor er Nina ansprach.

"Nina, sind Sie noch in der Lage, die Ermittlungen zu übernehmen?"

"Ja, natürlich..."

Helwig trat einen Schritt vor.

"Moment mal, und was ist mit mir? Das haben wir immer zusammen gemacht..."

Zirner war auf diesen Einwand vorbereitet.

"Das weiß ich doch, Walter... aber Sie sind noch eine Woche krankgeschrieben..."

Helwig stellte sein Bierglas ab.

"Jetzt nicht mehr... komm, Nina, wir gehen..."

Zirner machte einen schwachen Versuch, ihn aufzuhalten.

"Aber das ist doch..."

Helwig schob seinen Chef theatralisch aus dem Weg, doch es war offensichtlich nur ein Spiel.

"Die Pflicht ruft... bitte entschuldigen Sie mich bei meinen Kollegen..."


Der Nieselregen hatte aufgehört, die Straßen waren wieder trocken. Vor der Tiefgarage der Wohnanlage drängte sich eine große Menschenmenge, laut und ungehalten wurde über die Maßnahme der Polizei diskutiert, Ein- und Ausfahrt komplett zu sperren.

Nina und Helwig stiegen aus ihrem Dienstfahrzeug, wandten sich an den uniformierten Beamten, der den Einsatz leitete, und zeigten ihre Ausweise. Helwig übernahm das Reden.

"Hat die Spurensicherung die Einfahrt schon untersucht?"

"Ja, aber sie wollten auf Sie warten, bevor wir die Sperre aufheben..."

"Wo ist es passiert?"

"Erstes Untergeschoß..."

"Wer ist das Opfer?"

"Norbert Wagner, Arzt am St. Marien Krankenhaus... er ist hier gemeldet..."

"Augenzeugen?"

Der Beamte schüttelte den Kopf.

"Kameras?"

"Leider nein... dies ist eine private Wohnanlage..."

"Danke..."

Helwig hob das Plastikband hoch, ließ Nina vorgehen und folgte ihr nach. Auf dem schmalen Fußweg entlang der Mauer trippelten sie in die Garage hinunter. Ganz hinten bewegten sich die weißen Gestalten der Spurensicherung, Astronauten gleich, im gleißenden Licht ihrer Arbeitslampen geschäftig um den Stellplatz einer dunklen Limousine herum. Eine von ihnen erspähte die Kriminalbeamten und ging auf sie zu. Sie öffnete den Reißverschluß ihrer Kopfbedeckung, und eine Menge roter Haare quoll heraus. Sie entpuppte sich als Mona Ryser, die zufällig auch bei den vier früheren <Selbsttötungen> dabei gewesen war. Die Beamten hielten sich nicht groß mit Begrüßungen auf.

"Ich sag's Ihnen gleich, ein grausiger Anblick... die Pulsadern an beiden Handgelenken geöffnet, das Blut füllt fast den ganzen vorderen Bodenbereich..."

Nina versuchte, sich nichts anmerken zu lassen.

"Könnte es einen Kampf gegeben haben?"

Mona schüttelte ihre roten Locken.

"Nichts deutet darauf hin. Alle vier Türen waren zu, der Zündschlüssel steckte... der Mann sitzt zusammengesackt auf der Fahrerseite... wir versuchen alles, aber der Boden ist wohl zu trocken und zu sauber, um Fußabdrücke oder Reifenspuren zu sichern, auch in der Einfahrt... außerdem gibt es in dieser Wohnanlage über hundert Stellplätze auf zwei Etagen..."

"Hinweise auf ein Motiv?"

"Wir haben die Leiche nicht bewegt..."

Nina sah Helwig kurz an.

"Komm, laß uns das mal anschauen..."

Sie stülpten einen Plastikschutz über ihre Schuhe und näherten sich vorsichtig der Limousine, gingen weiträumig um sie herum und versuchten sich einen ersten Eindruck zu verschaffen. Auf der Fahrerseite ruhte Wagners abgeknickter Kopf auf dem Steuerrad, von seinem Gesicht konnte man nichts erkennen.

Nina und Helwig traten wieder zu Mona. Helwig sah Nina prüfend an, und als sie nichts sagte, wandte er sich an Mona.

"Lassen Sie alles, wie es ist... sobald Sie fertig sind, schaffen Sie den Wagen mit der Leiche ins Präsidium, dort haben wir mehr Möglichkeiten..."

Nina faßte Mona leicht am Arm.

"...und vielen Dank, wir sehen uns morgen..."

Helwig und Nina nickten Mona zu, da fiel Nina noch etwas ein.

"Hat Wagner Familie?"

"Ja, seine hochschwangere Frau... sie steht völlig unter Schock... eine Psychologin ist bei ihr..."

"Dann werden wir sie heute nicht mehr befragen..."

Helwig und Nina schritten rasch zum Ausgang der Garage. Das beklemmende Gefühl, sich in einem Netz verheddert zu haben und nicht zu wissen, wo die Spinne lauerte, ergriff wieder Besitz von ihnen.


Nina stellte sich kurz unter die Dusche, dann kroch sie zu ihrem Freund unter die Bettdecke. Gregor Hansen drehte sich schlaftrunken zu ihr um und legte einen Arm um sie.

"Willkommen zu Hause..."

Nina tätschelte seine Hand und starrte hellwach ins Leere.

2

Nina stieß die Tür zur Pathologie auf, und zusammen mit Helwig betraten sie den gleichförmig in steriles, helles Licht getauchten Raum. Der Pathologe, Dr. Riedl, ein schmächtiger kleiner Mann, kam ihnen sofort entgegen, er schien auf sie gewartet zu haben. Helwig legte ihm einen Arm um die Schulter.

"Danke, daß Sie unseren Fall vorgezogen haben..."

Dr. Riedl griff nach seinen Aufzeichnungen und reichte den beiden ein Blatt Papier, das in einer Klarsichthülle steckte.

"Ein Schreiben des St. Marien Krankenhauses, in dem Norbert Wagner arbeitete... darin steht, daß seine Beförderung zum Oberarzt abgelehnt wurde...."

Nina beugte sich vor.

"Wo hat man das gefunden?"

"Halb zerknüllt in seiner Jackentasche..."

"Von wann datiert?"

"Gestriges Datum... wurde ihm offensichtlich in sein Postfach gelegt..."

"Bringt man sich deswegen um?"

"Gute Frage... er war ja fest angestellt, und an seiner Qualifikation gab es keine Zweifel, wie uns das Krankenhaus mitteilte..."

Nina wandte sich um und trat an den Obduktionstisch, auf dem Wagner unter einem weißen Tuch lag, das bleiche Gesicht mit einem starren, abweisenden Ausdruck.

Helwig und Dr. Riedl traten neben sie, der Pathologe sah in seine Unterlagen.

"Die Fingerabdrücke auf dem Skalpell verraten uns, daß er sich erst die linke und dann die rechte Radialarterie aufgeschnitten hat, und das sehr professionell..."

Helwig hob das Tuch von der Leiche und betrachtete eingehend die Wunden an den Handgelenken.

"Keine anderen Fingerabdrücke?"

"Nein... die Spurensuche war da sehr gründlich..."

Helwig breitete das Tuch wieder über die Leiche

"Im Blut haben wir Muntermacher und Tranquilizer gefunden... nicht sehr verwunderlich bei dem Arbeitspensum von Krankenhausärzten..."

Nina versuchte in die Unterlagen zu schielen.

"Kein Gift? Keine sonstigen Auffälligkeiten?"

"Ich weiß, daß Sie diesen <Selbsttötungen> mißtrauen... aber nein, tut mir leid..."

Dr. Riedl zögerte.

"Na ja, eine Auffälligkeit vielleicht doch..."

Der Pathologe machte Nina und Helwig ein Zeichen, ihm zu folgen. Am Kopfende des Obduktionstisches faßte er Wagners Kopf mit beiden Händen und hob ihn vorsichtig an. Etwas links oberhalb der Schulterblätter sah man eine entzündete Stelle.

"Ich dachte zuerst, es handle sich um eine ausgedrückte, noch nicht vollständig verheilte Papel, doch es ist ein winziger Einstich..."

Wie elektrisiert sahen sich Helwig und Nina an, dann beugte sich Nina tief über die gerötete Stelle.

"Und wie erklären Sie sich diese Wunde?"

"Kann er sich selbst zugefügt haben, vielleicht hat er sich irgendwo gestoßen... Ärzte hantieren ständig mit scharfen Instrumenten... einmal hatte ich ein Skalpell in der Hand, als es mich im Nacken plötzlich juckte..."

Dr. Riedl lachte verlegen.

"Es war wie der Witz mit dem Mann, der ein volles Glas in der Hand hält und nach der Uhrzeit gefragt wird, nur blutiger..."

Nina und Helwig war nicht zum Lachen zumute, sie hatten auf eine entscheidende Wende gehofft.

Helwig machte eine abschließende Geste.

"Vielen Dank erstmal, wir bekommen ja noch den vollständigen Bericht... ach übrigens... hat man bei den anderen <Selbsttötungen> auch eine solche Verletzung gefunden?"

"Das kann ich ihnen leider nicht sagen, das hat noch mein Vorgänger gemacht..."

Auf dem Weg zu Norbert Wagners Witwe schlug Nina die Akte der vier bisherigen <Selbsttötungen> auf.

"Der erste, der sich angeblich die Pulsadern aufschnitt, war Professor an der medizinischen Fakultät der hiesigen Universität... er saß friedlich in seinem Garten, der Rasen war voller Blut... ein Gutachten, das ihm eine zunehmende Demenz attestierte, hatte er selber in Auftrag gegeben..."

Helwigs Hände krampften sich ums Lenkrad, Nina fuhr ungerührt fort.

"Der Taxifahrer, das zweite Opfer, sollte ausgewiesen werden... er lebte allein und versuchte vergeblich, seine Familie nachzuholen... er endete ausgeblutet am Flußufer... keine verwertbaren Spuren... auch hier keine Erwähnung einer Stichverletzung..."

Nina blätterte weiter.

"Das dritte Opfer war ein Installateur, man fand ihn frühmorgens auf einer Baustelle... keine verwertbaren Spuren, keine Stichverletzungen... sein Betrieb stand auf der Kippe..."

Nina sah kurz zu Helwig hinüber, der unbewegt geradeaus auf die Straße blickte.

"Die vierte Selbsttötung: Eine Apothekerin, die friedlich in einem Park ihre Mittagspause verbrachte... ihr Freund hatte sie verlassen..."

Helwig sah gereizt zu Nina hinüber.

"Und jetzt ein Arzt am St. Marien Krankenhaus!

Das wissen wir doch alles! Jedes Mal diese sauberen Schnitte an beiden Armen, das kann doch kein Zufall sein! Es muß einen Täter geben, doch wie bringt er sie dazu? Und wo ist der Zusammenhang?"

Nina klappte den Ordner zu.

"Die Opfer hatten alle ein Motiv, sich umzubringen, dennoch standen sie mitten im Leben..."

Grimmig in ihrem ohnmächtigen Zorn sahen sie sich an, Helwig drückte unwillkürlich aufs Gas.


Die Wohnung der Wagners war noch nicht vollständig eingerichtet, sie waren erst vor einem Monat eingezogen. Überall standen halbausgepackte Umzugskartons herum, im Flur und im Bad hingen Glühbirnen ohne Fassung von der Decke.

Sandra Wagners jüngere Schwester Petra führte die Kriminalbeamten ins Wohnzimmer und setzte sich neben ihre Schwester. Die junge Witwe hatte sich etwas gefangen, doch ihre Augen waren noch immer gerötet.

Helwig und Nina drückten leise ihr Beileid aus und versprachen, sie nicht allzu lange zu behelligen. Sie setzten sich, und Helwig kam gleich zur Sache.

"Frau Wagner, wir wissen, mit unseren Fragen rühren wir alles wieder auf..."

"Bitte, fragen Sie, ich möchte einfach nur begreifen..."

Nina rückte etwas näher an die hochschwangere Frau heran, die neben ihrer Schwester weit zurückgelehnt in einer Couchecke ruhte und sich mit beiden Händen an ihrem Arm festhielt.

"Wir haben erfahren, daß die Bewerbung Ihres Mannes auf Ernennung zum Oberarzt abgelehnt wurde... können Sie sich vorstellen, daß ihn das so schwer getroffen hat?"

"Gekränkt vielleicht... mehr nicht... weil er mir gegenüber so getan hat, als hätte er sie bereits in der Tasche, dabei wußte ich, daß das kein Selbstläufer war..."

"Neigte Ihr Mann zu Depressionen?"

"Er hat sechzig Stunden die Woche geschuftet, manchmal auch mehr... natürlich war er abgekämpft, wie die anderen Ärzte auch, und sicher enttäuscht über die Ablehnung, aber er war erfolg-

reich und beliebt..."

Helwig sah Nina kurz an.

"Hatte Ihr Mann Feinde?"

"Alle Ärzte im Krankenhaus sind Konkurrenten... aber Feinde? Nein..."

"Die Ergebnisse der Spurensicherung sind eindeutig, keine Fremdeinwirkung... trotzdem glauben wir nicht an die Selbsttötung Ihres Mannes..."

"Nein!?"

Nina ergänzte.

"...erst recht nicht, nach dem, was wir von Ihnen hören..."

Helwig übernahm wieder.

"Es gibt ähnliche Fälle, die genauso mysteriös sind... aber es ist leider nur ein Gefühl..."

Sandra Wagner versuchte sich aufzurichten.

"Bitte bleiben Sie dran! Auch wenn es meinen Mann nicht wieder lebendig macht, es würde mir sehr helfen, sollte sich herausstellen, daß er sein Leben nicht aus einer Laune heraus einfach weggeworfen hat..."

Helwig erhob sich, und Nina faßte Sandra Wagner zum Abschied leicht am Arm.

"Wir tun alles, was in unserer Macht steht, glauben Sie mir..."


In ihrem Dienstfahrzeug saß diesmal Nina am Steuer, Helwig blätterte in seinem abgegriffenen Notizbuch. Nina sah lächelnd zu ihm hinüber.

"Wie wär's, wenn du deine Aufzeichnungen gelegentlich in den Computer überträgst? Ein Notizbuch kann man ja auch mal verlieren..."

Helwig antwortete, ohne aufzuschauen.

"...und ein Computer stürzt ab... eher vergesse ich meine Socken anzuziehen als mein Notizbuch einzustecken..."

Er schrieb eine Ziffer hinter die letzte Eintragung und malte einen Kreis drumherum.

"Ich habe auch die Todesdaten miteinander verglichen... diese Psychopathen benützen doch immer einen Code... aber bisher noch kein Muster gefunden..."

Überrascht starrte Nina ihren Partner an.

"Daran habe ich auch schon gedacht, aber wie sollen wir den Code knacken, wenn wir den Zusammenhang nicht kennen? Gibt es überhaupt ein Motiv?"

"Tja, die alte Frage... was war zuerst da... das Huhn oder das Ei? Laß uns im Büro nochmal alle Fälle durchgehen..."


Helwig saß halb auf Ninas Schreibtisch und lauschte voll konzentriert ihren knappen Zusammenfassungen.

"...den Dekan haben wir gründlich durchleuchtet... der Taxifahrer? Fahrgäste, die ausgerastet sind... der Installateur... einige Leute mit Riesenwut wegen angeblichem Pfusch oder überteuerten Rechnungen... die Apothekerin... Kunden, die krank wurden statt gesund... Der Arzt Dr. Wagner... keine Kunstfehler bekannt..."

Helwig schüttelte den Kopf und richtete sich mühsam auf.

"Um Menschen auf diese abscheuliche Weise abzuschlachten, muß der Täter enorme Kränkungen erlitten haben, die müssen sich doch ermitteln lassen... aber wann war das? Vor einem Jahr? Vor fünf? Oder ist es zehn Jahre her?"

Nina schaltete ihren Computer aus.

"Wir müssen ganz von vorne anfangen... finden wir bei einem der Opfer eine besondere Auffälligkeit, stoßen wir bei den anderen in der gleichen Zeit womöglich auf ein ähnliches Vorkommnis..."

Helwig ließ sich vom Schreibtisch gleiten und legte Nina eine Hand auf die Schulter.

"Das ist mein Mädchen... wir werden diesen Dreckskerl schon kriegen..."


Helwig parkte seinen Wagen auf dem Stellplatz in der Tiefgarage und regte sich einmal mehr über die Disziplinlosigkeit seiner Mitbewohner auf. Trotz der klaren Brandschutzbestimmungen, die an sämtlichen Türen hingen, standen überall Reifen, überquellende Pappkartons und ausrangierte Regale auf den Parkplätzen, niemand machte sich die Mühe, sie zu entsorgen.

Helwig betrat den Aufzug und ließ sich in den dritten Stock tragen. Er freute sich schon auf das Abendessen und die Gespräche mit seiner Frau, als ihm einfiel, daß sie ja ihre Mutter besucht hatte und erst spätnachts zurückkehren würde. Seufzend ging er im Kopf die Konserven durch, die für solche Gelegenheiten bereitstanden, und entschied sich für Lasagne.

Im dritten Stock trat er aus dem Aufzug, fingerte in seiner Hosentasche nach dem Wohnungsschlüssel und wunderte sich, wie schief der Fußabstreifer vor ihrer Tür lag. Es gehörte zu seinen Marotten, ihn beim Betreten oder Verlassen der Wohnung immer akkurat auszurichten. Wahrscheinlich war die Putzkolonne heute da gewesen und hatte ihn in der Eile so liegenlassen.

Helwig schloß die Tür auf und betrat schwungvoll die Wohnung. Bevor die Tür hinter ihm wieder ins Schloß fiel, spürte er einen heftigen Schmerz in der linken Seite und sah verwundert an sich hinunter. Im gleichen Augenblick, als die Lähmung schon einsetzte, wußte er, daß er in eine Falle geraten war. Aus dem Wohnzimmer, wo er sich versteckt hatte, glitt die Gestalt im schwarzen Jogginganzug herbei, die Hornbrille auf der Nase, die schütteren, bleichen Haare nach hinten gebürstet, die Hände in lila Gummihandschuhen, und fing Helwig auf, der sich nicht mehr auf den Beinen halten konnte. Curare! So etwas Ähnliches hatte er bereits vermutet, aber was nützte es ihm jetzt? Der Mann zog den Pfeil heraus, der in Helwigs Seite steckengeblieben war, schob ihn in eine seiner Taschen mit Reißverschluß und sah Helwig forschend in die Augen. Was für ein jämmerliches Ende! Mehr noch als sein bevorstehender Tod bekümmerte ihn, daß das letzte Bild, das er in die andere Welt hinübernahm, nicht das vertraute Antlitz seiner geliebten Frau sein würde, sondern die zerfurchte Fratze dieses Killers, den nun andere zur

Strecke bringen mußten.

Gregor hatte Nina angerufen, als sie gerade ihr Büro verließ, und sich mit ihr bei 'ihrem' Italiener verabredet. Beide waren erschöpft, beide wollten reden und hatten keine Lust, noch großartig zu kochen. Es kam nicht oft vor, daß sie sich länger sahen, Gregor war häufig wegen Recherchen für seine Zeitung unterwegs, und Ninas Arbeitszeiten richteten sich ganz nach ihren Fällen. Nina konnte damit gut leben, doch Gregor wünschte sich immer öfter eine häuslichere Frau. Umso überraschter war er, daß sie spontan einwilligte, sich zum Essen zu treffen.

Gregor war bester Laune, er arbeitete an einer Reportage, in der es um ein riesiges Bauvorhaben der Stadt ging. Es bestand der Verdacht, daß bei der Vergabe der Aufträge gemauschelt worden war, und diesen Geheimabsprachen war er auf der Spur. Sie aßen durcheinander, stibitzten sich gegenseitig Leckerbissen vom Teller und tranken reichlich Wein. Von seiner Jagd aufgeheizt, war Gregor ein guter Zuhörer, und diese unheimlichen <Selbsttötungen> interessierten ihn auch. Nina erzählte nicht allzu viele Details, es war mehr dieser angsteinflößende menschliche Abgrund, der dahintersteckte, den sie sich von der Seele reden mußte.

In dieser trägen, von Alkohol und aufglimmender Sinnlichkeit aufgeweichten Stimmung fuhren sie im Taxi zu Gregors Wohnung, wo sie sich in stummem Einvernehmen auf das 'Finale' vorbereiteten.

Mathilde Helwig stellte den kleinen Rollkoffer neben sich ab, suchte nach dem Wohnungsschlüssel und öffnete die Tür. Es war schon spät, und sie erwartete nicht, daß ihr Mann noch aufsein würde, umso überraschter war sie, daß im Wohnzimmer noch Licht brannte, ebenso im Bad, dessen Tür offen stand, und auch aus dem Schlafzimmer drang ein Lichtschein. Leise rief Mathilde nach ihrem Mann.

"Walter! Walter? Bist du noch auf?"

Keine Antwort, kein Laut, die Stille schüchterte Mathilde ein. Es war nicht die Art ihres Mannes, Spielchen mit ihr zu spielen.

"Walter? Wo bist du?"

Mathilde schlich geräuschlos zur Schlafzimmertür und stieß sie auf. Das Bett war unberührt, der stumme Diener auf der Seite ihres Mannes unbenützt. Mathilde drehte sich um und ging in aufsteigender Panik auf die Badezimmertür zu.

"Walter!?"

Immer noch keine Antwort, die Stille war mit den Händen zu greifen. Mathilde zwang sich, weiter zu gehen und schob angstvoll den Kopf über die Schwelle. Sie sah zum Waschbecken hinüber und auf den Boden, keine Spur von Walter. Hoffnungsvoll blitzte in ihr der Gedanke auf, daß man ihn zu einem Fall gerufen hatte, es würde ihm ähnlich sehen, alles liegen- und stehenzulassen. Mathilde tat einen Schritt ins Bad hinein, und da sah sie ihn. Er war noch im Anzug, ein blutiger Arm ragte halb aus der

Badewanne, sein Kopf ruhte mit offenen Augen zu-
rückgesunken auf dem Badewannenrand, und sein
Körper schwamm in seinem eigenen Blut. Mathilde
hob die Hand an den Mund und sank in die Knie, das
nackte Entsetzen schnürte ihr die Kehle zu.

Lüstern sah Gregor zu, wie Nina nackt zu ihm ins
Bett schlüpfte und sich eng an ihn kuschelte. Wann
hatte er das zum letzten Mal erlebt? Er umfing sie
mit beiden Armen, als hätte er die Absicht, sie niemals mehr loszulassen, dann wickelten sie sich lust-
voll in das Laken ein. In diesem Augenblick klingelte Ninas Telefon. Heftig warf Gregor die Bettdecke
zurück.

"Bitte, geh' da jetzt nicht ran..."

Schuldbewußt richtete Nina sich auf.

"Ich muß, das weißt du doch... vielleicht geht es ja
nur um morgen..."

Nina stellte die Verbindung her.

"Ja? Hallo...?"

Nina lauschte, und Gregor spürte förmlich, wie
sie innerlich erstarrte.

"Ja, alles klar, ich komme..."

Aufgebracht nahm ihr Gregor das Telefon aus der
Hand.

" '...ich komme, ich komme!' Ich wünschte, ich
könnte das auch wieder mal sagen...!"

Nina hatte sich aus dem Bett gerollt und zog sich auf zittrigen Beinen hastig an, aus ihrem Gesicht war jede Farbe gewichen.

"Walter Helwig ist tot... der <Selbstmörder> hat wieder zugeschlagen..."

Vor dem Häuserblock, in dem Helwig wohnte, sah es aus wie in einem Kriegsgebiet. Der Zugang war abgeriegelt, Dutzende Einsatzwagen parkten davor, jeder Bewohner, der den Eingang betrat, wurde von einem Polizeibeamten persönlich in dessen Wohnung geleitet, Besucher wurden gründlich kontrolliert und wieder weggeschickt, niemand durfte das Haus verlassen. Man sah den Polizisten an, daß es sich hier um einen besonderen Einsatz handelte, da einer der ihren das Opfer war.

Nina stieg aus dem Streifenwagen, der sie hergebracht hatte, und hielt ihren Ausweis hoch, doch man kannte sie auch so, an den Sperren wurde sie wortlos vorbeigelassen. Sie stieg die Treppen hoch, die auf jedem Absatz von einem Beamten gesichert wurden, und sah im dritten Stock schon von weitem die offenstehende Tür zu Helwigs Wohnung. Die Beamten, die dort ein- und ausgingen, waren von der Spurensicherung, die Nina und Helwig von unzähligen Fällen her kannten. Wie Schlafwandler verrichteten sie ihre Arbeit, scheu, fast ängstlich nickten sie ihr zu, denn alle wußten, wie eng und vertrauensvoll sie mit Helwig zusammengearbeitet hatte, der wie sie in hohem Ansehen stand.

Nina betrat den Flur und stieß auf Mona Ryser, die auf dem Weg zum Badezimmer war. Wie alle, die Walter Helwig gut gekannt hatten, stand auch sie unter Schock und versperrte Nina den Weg.

"Geh' da bitte nicht rein... er liegt in der Badewanne... in einem Meer von Blut..."

Nina sah Mona nur an, die hastig fortfuhr.

"Jemand muß Walter in der Wohnung aufgelauert haben... frag' mich nicht, wie er da 'reingekommen ist... aber zum ersten Mal gibt es Spuren... Schleifspuren und blondierte Haare von einer Perücke auf Helwigs Anzug..."

"Es gibt also einen Täter..."

"Ohne Zweifel... und vermutlich sogar einen Augenzeugen..."

"Einen Augenzeugen!?"

"Ein Hausbewohner sah einen Mann in den Fahrstuhl steigen... schlank, etwas über mittelgroß, um die fünfzig... schwarzer Jogginganzug, Hornbrille, ausgebleichte blonde Haare, straff zurückgekämmt... wie die Haare, die wir fanden..."

"Hat er sein Gesicht gesehen?"

"Nur von weitem... er sagt, er könnte auch eine Maske getragen haben..."

"Dann wissen wir also nicht, wie er in Wirklichkeit aussieht..."

Nina machte einen schwachen Versuch, Mona

wegzuschieben, doch Mona hielt stand.

"Nina, nein... kümmere dich um Mathilde, sie ist im Arbeitszimmer... das hier machen wir..."

Nina preßte die aufsteigenden Tränen zurück, tätschelte Mona den Arm und wandte sich zum Arbeitszimmer, in dem sie sich mit Helwig stundenlange Debatten über ihre Fälle geliefert hatte, dankbar und stolz, daß sie von ihm stets als seinesgleichen behandelt worden war.

Der Arzt war noch bei Mathilde, die zurückgelehnt im bequemen Lieblingssessel ihres Mannes saß. Der Arzt stand auf, als er Nina herein kommen sah, legte Mathilde beruhigend eine Hand auf die Schulter, murmelte ein paar Worte und nickte Nina zu. Nina zog einen Hocker nahe an den Sessel heran und faßte nach Mathildes Händen. Sie war offensichtlich stark sediert, aber bei vollem Bewußtsein.

"Es gibt keine Worte für das, was geschehen ist... Walter war wie ein Vater zu mir..."

"Ich wußte, was es bedeutet, einen Polizisten zu heiraten... und auch wenn wir keine Kinder haben..."

Mathilde senkte langsam den Blick, bis ihre Augen auf die von Nina trafen.

"...dich hatten wir beide wie eine Tochter ins Herz geschlossen..."

Nina legte den Kopf in Mathildes Schoß und ließ ihren Tränen freien Lauf. Mit einer Hand streichelte Mathilde Ninas Kopf, ihr Blick wanderte wieder in die Ferne, und ein wehmütiger, schmerzlicher Ausdruck verschattete ihr Gesicht. Sie ließ Nina gewähren, als ob nur sie die Trauernde sei, doch in ihrem Herzen weinte sie mit.

Nina hob den Kopf und trocknete sich die Augen.

"Was wirst du jetzt tun?"

"Ich werde zu meiner älteren Schwester ziehen... sie lebt allein... es ist alles arrangiert..."

Nina richtete sich auf, ihre Stimme bebte.

"Ich schwöre bei allem, was mir heilig ist, für diese Untaten wird der Dreckskerl büßen..."

Auf Mathildes Gesicht stahl sich bei allem Kummer kaum merklich ein leiser, spöttischer Zug.

"War es nicht Walter, der gesagt, 'Immer schön die Ruhe bewahren' ?"

Nina umarmte Mathilde heftig und stand auf.

"Mein Zorn ist nur der Antrieb, mein Kopf ist vollkommen klar..."

3

Übernächtigt betrat Nina das Morddezernat durch einen Seiteneingang und fuhr hinunter in die Pathologie. An den Anblick von Toten hatte sie sich nie gewöhnen können, auch wenn die Opfer ihr meistens völlig unbekannt waren. Und jetzt lag auf einem metallisch kalten Obduktionstisch ihr Kollege Walter Helwig und wartete auf sie. Nach dem Abschied von Mathilde war sie nicht mehr zu Gregor gegangen, sie hatte es vorgezogen, den Rest der Nacht in ihrem eigenen, kleinen Apartment zu verbringen, aber Ruhe hatte sie nicht gefunden. Zu vieles war ihr durch den Kopf gegangen und hatte sie bedrängt. Die Aussicht, ihren Kollegen starr und leblos wiederzusehen, und die Bürde, die jetzt auf ihr lastete, den bestialischen Serienmörder hinter Gitter zu bringen.

Am Eingang zur Pathologie kamen ihr Zirner und Balkenhausen entgegen. Auch Zirner schien der Mord an Helwig schwer getroffen zu haben, er war ungewöhnlich blaß, und seine gewohnte Jovialität war von ihm gewichen, seine Augen blickten hart und kalt. Er sah sich kurz zu Balkenhausen um, der vortrat und Nina wortlos die Hand drückte, dann faßte er Nina leicht am Arm.

"Sie müssen da nicht rein, Dr. Riedl hat uns alles gesagt, wir bekommen es noch schriftlich..."

Nina lächelte die beiden müde an.

"Das ist nett von Ihnen, aber ich möchte ihn unbedingt noch einmal sehen... das bin ich ihm schuldig..."

"Gut, das kann ich verstehen... dann kommen Sie doch bitte nachher in mein Büro..."

Zirner gab Balkenhausen einen Wink, und zusammen gingen sie den langen Flur hinunter.

Nina sammelte sich kurz und stieß die Tür zur Pathologie auf.

Dr. Riedl wandte sich überrascht nach ihr um und öffnete den Mund, doch Nina kam ihm zuvor.

"Keine Bange, meine Kollegen werden mich über die Fakten informieren, ich wollte Walter einfach nochmal sehen..."

Dr. Riedl wußte nicht so recht, ob er Nina kondolieren oder wie er sich sonst verhalten sollte, und ging ihr zögernd voraus.

"Ich bin ja noch nicht lange hier, aber glauben Sie mir... ein Kollege... das geht auch mir an die Nieren..."

Sie waren am Obduktionstisch angekommen, auf dem von einem Laken vollkommen zugedeckt Walter Helwig lag. Dr. Riedl sah Nina fragend an.

"Zeigen Sie mir nur sein Gesicht..."

Dr. Riedl hob am Kopfende behutsam das Laken und schob es bis unter das Kinn des Toten. Das Gesicht war unverletzt, die Augen waren geschlossen. Bläulich-blaß schimmerte die Haut, der Ausdruck

sphinxhaft entrückt und nach innen gewandt, rätsel-
haft und beängstigend für die Lebenden, die sich ein
Zeichen erhofften und nicht diese abweisende Leere.
Wo war er, sah er ihr zu? War er mehr als dieser leb-
lose Körper?

Nina sah auf und nickte Dr. Riedl zu, der Helwigs
Antlitz wieder verhüllte.


In Zirners Büro warteten sie schon auf sie, Nina
schloß die Tür hinter sich und nahm neben Balkenhausen Platz. Zirner beugte sich in seinem Sessel
konzentriert nach vorne.

"Wir gehen jetzt definitiv davon aus, daß es sich
bei diesen mysteriösen <Selbsttötungen> um Morde
handelt. Walter wurde durch sein Wohnzimmer ins
Bad geschleift und dann in die Badewanne gehoben.
Links unterhalb der Rippen wieder ein Einstich,
möglicherweise von einem Pfeil, der ein Gift ent-
hielt, das nicht mehr nachweisbar ist. Außerdem fanden wir am Anzug blonde Haare einer Perücke, die
weder Walter noch seiner Frau zugewiesen werden
können..."

Nina sah kurz zu Balkenhausen, der sich auf seinem Stuhl nicht regte.

"Hat Walter etwas hinterlassen... Aufzeichnungen, die wir nicht kennen, Hinweise... er war der
Meinung, wir sollten mehr auf die Todesdaten ach-
ten..."

"Nein, davon ist mir nichts bekannt..."

"Er schrieb immer in so eine Kladde, noch gestern hatte er sich Notizen gemacht..."

"Eine Kladde?"

"Ja, so ein kleines Notizbuch mit abgegriffenem Ledereinband, er trug es immer in seiner Anzugstasche..."

Zirner starrte Nina an mißtrauisch.

"Sind Sie ganz sicher?"

"Ich war doch jeden Tag mit ihm zusammen... er mißtraute Computer..."

Zirner ließ sich in seinen Sessel zurückfallen und wandte sich an Balkenhausen.

"Bitte klären Sie das..."

Balkenhausen nickte und machte sich eine Notiz.

"Jetzt gleich..."

Balkenhausen sah erschrocken hoch und packte seine Sachen zusammen.

"Ja, natürlich..."

Als er draußen war, wandte sich Zirner wieder an Nina.

"Es gibt noch zwei Sachen, die ich mit Ihnen besprechen wollte... erstens, es bleibt mir nichts anderes übrig, als Ihnen Balkenhausen als Assistenten zur Seite zu stellen..."

Nina fuhr auf, doch Zirner fuhr hastig weiter.

"...ich weiß, ich weiß, er ist noch etwas unbeholfen, aber mit einem erfahreneren Kollegen gibt es nur Kompetenzgerangel, und ich möchte, daß Sie den Fall leiten... wir müssen dieses Monster stoppen..."

Zirner schob seine Schreibgarnitur hin und her, dann griff er nach der Zeitung, die vor ihm lag, und reichte sie Nina. Die Schlagzeile war nicht zu übersehen. <6 mysteriöse Selbsttötungen – das Werk ei­nes Serienkillers?> Es war die Zeitung, für die auch Gregor schrieb.

"Ich muß Ihnen nicht sagen, daß wir so etwas nicht brauchen können, und ich hoffe doch sehr, der Tip kam von keinem von uns..."

Nina sah Zirner ruhig an.

"Mein Freund schreibt zwar für diese Zeitung, aber ich rede nie über meine Fälle..."

"Sie habe ich auch nicht gemeint... wie auch immer... nach der <Selbsttötung> der Apothekerin war ich der Meinung, wir sollten alle Mittel einsetzen, die uns weiterbringen... deshalb habe ich Walter einen Profiler empfohlen, der im <Zwillings>Mord beigezogen wurde und offenbar nützliche Arbeit leistete..."

"Ja, die Kollegen haben davon erzählt..."

"Er fand das unnötig, aber er willigte ein, mit ihm zu sprechen..."

"Mir hat er nichts gesagt..."

"Ich denke, er hat ihn getroffen... er wollte wohl sicher sein, ob es Sinn macht... jetzt erfahren wir das leider nicht mehr..."

"Und ich soll ihn aufsuchen?"

"Ich bitte Sie darum... und nehmen Sie Balkenhausen mit..."

Zirner blätterte in seinen Unterlagen.

"Daniel Kaufmann... er hat ein US-Diplom in Psychologie und arbeitete ein paar Jahre beim LAPD..."

Nina stand zögernd auf.

"Können Sie mir die Zeitung mitgeben?"

"Klar... hier, nehmen Sie..."


Nina schlängelte sich genervt durch den Berufsverkehr, der mittlerweile den ganzen Tag über nie nachließ. Kaufmanns Büro oder Praxis lag am anderen Ende der Stadt, und sie richtete sich in der intimen Enge des Dienstfahrzeugs auf ein unerquickliches Zusammensein mit ihrem neuen Partner ein. Nina sah kurz zu Balkenhausen hinüber.

"Fast hätt' ich's vergessen... was haben Sie herausgefunden über Walters Notizbuch?"

"Nichts... absolut nichts... es bleibt unauffindbar... ich habe Mona Ryser gelöchert, Dr. Riedl, ich war in der Wohnung, sogar seine Frau habe ich danach gefragt..."

"Seltsam... das begreife ich nicht... sein Notizbuch war ihm heilig..."

"Kann es sein, daß der Täter es an sich genommen hat?"

Nina starrte Balkenhausen an.

"Das wäre eine Katastrophe..."

"Warum?"

"Walter hat mit mir über alles geredet, was ihm durch den Kopf ging... aber in seinem Notizbuch stand sicher noch viel mehr..."

"...und deswegen mußte er sterben?"

Ninas Kopf fuhr zu Balkenhausen herum.

"Schon möglich... bleiben Sie bitte dran..."

"Kein Problem..."

Balkenhausen sah weiter gleichmütig aus dem Fenster und schien seinen eigenen Gedanken nachzuhängen. Um die Zeit totzuschlagen und Balkenhausen ein wenig zu provozieren, wandte sich Nina halb spöttisch, halb ernst schließlich wieder an ihn.

"Können Sie mir sagen, warum Sie ausgerechnet in den Polizeidienst eingetreten sind?"

Balkenhausen sah Nina überrascht an.

"Warum fragen Sie?"

"Es steht mir nicht zu, so etwas zu sagen, aber Sie wirken so, als würden Sie immer ein bißchen neben sich stehen..."

Balkenhausen lachte, er wirkte nicht im geringsten beleidigt.

"Na ja, da haben Sie einen empfindlichen Punkt getroffen... es war mein Vater, der mich dazu brachte... er wollte fürs Alter vorsorgen und fiel wie so viele auf einen Betrüger herein... er verlor sein ganzes Geld und hat sich so geschämt, daß er sich das Leben nahm..."

Nina sah Balkenhausen erschrocken an.

"Das tur mir leid..."

"Das konnten Sie ja nicht wissen..."

Balkenhausen stockte, dann fuhr er fort.

"Zuerst wollte ich diesen dreckigen Betrüger abmurksen, denn mangels Beweisen wurde er freigesprochen... dann entschloß ich mich, Polizist zu werden..."

"Warum nicht Jurist?"

"Es gibt zu viele Winkeladvokaten... nur mit guter Polizeiarbeit kann man den Verbrechern das Handwerk legen... aber Sie haben recht, ich fühle mich noch etwas fremd..."

Nina lächelte Balkenhausen zu, überrascht von dieser Wendung.

"Wie heißen Sie nochmal mit Vornamen?"

"Hannes..."

"Ich bin Nina... dann auf gute Zusammenarbeit...

und wechseln wir doch zum du..."

"Einverstanden..."

Balkenhausens kantige Züge entspannten sich, und das Schnöselige in seinem Wesen war auf einmal weg.

Nina und Balkenhausen gingen den mit fleckigem Linoleum belegten Korridor entlang, in dem es schwach nach abgestandenem Essen roch, und suchten nach der richtigen Tür. Manche hatten gar keine Schilder, an einigen pappten handgeschriebene Zettel. An der vorletzten Tür prangte auf einem glatt polierten Messingschild in fein ziselierter Schrift <*D.R. Kaufmann, psychologische Praxis*>. Nina drückte auf den Knopf, und drinnen ertönte sanfter, melodiöser Glockenklang. Die Tür öffnete sich, und Kaufmann stand auf der Schwelle.

"Oh, Sie sind wohl die beiden Kriminalbeamten, bitte folgen Sie mir..."

Er schloß die Tür hinter ihnen und ging ohne Hast ins Wohnzimmer voraus. Kaufmann bewohnte ein Zwei-Zimmer-Apartment mit Bad und Küchenzeile, das ihm auch als Praxis diente. Im kleineren Zimmer standen ein bequemes Bett, Kleiderschränke und und ein teures Fitneß-Gerät. Der größere Raum war eine einfallsreich und farblich gut aufeinander abgestimmte Wohnlandschaft aus bequemen Sofas, Sesseln und Ablageflächen, an der Wand ein Flachbildschirm, darunter übereinandergestapelt teure Musik-,

Bildaufnahme- und Wiedergabegeräte, in einer Ecke ein Schreibtisch mit Computer. Doch was als erstes ins Auge stach, waren vier riesige Fotoreproduktionen menschenleerer Extremlandschaften an den Wänden – Savanne, Gebirge, Arktis und ein grellbuntes Unterwasserriff -, und zwar nicht wie üblich auf lieblichen Massengeschmack verkitscht, sondern mit Spezialoptik naturalistisch und auf eine Weise aufgenommen, daß jedes Foto einen geheimen Fluchtpunkt zu haben schien, der den Betrachter einsaugte und einen leichten Schwindel erzeugte, wenn man die Abbildungen zu lange fixierte.

Kaufmann war Mitte dreißig, schlank, etwas über mittelgroß, mit dichtem, dunklen Haar, ruhigen blauen Augen, und er hatte eine angenehme Stimme. Er drehte sich lächelnd zu Nina und Balkenhausen um, die ihm ihre Ausweise zeigten.

"Nina Brandner..."

"Hannes Balkenhausen..."

Kaufmann warf nur einen flüchtigen Blick darauf.

"Schon gut, bitte nehmen Sie Platz... kann ich Ihnen etwas anbieten?"

Nina schüttelte den Kopf und setzte sich neben ihren Kollegen.

"Danke, nein, wir bleiben nicht lange..."

Sie war beeindruckt, in diesem schäbigen Wohnblock hätte sie niemals ein solches Ambiente erwartet.

Kaufmann ließ sich ihnen gegenüber in einen Sessel gleiten.

"Nun, ich weiß, dieses Gespräch ist Ihnen sicher nicht angenehm... es wurde Ihnen aufgezwungen von Ihrem Vorgesetzten..."

Er griff nach einem Glas Wasser, das schon vorher dort gestanden hatte, und nahm einen Schluck.

"...genau wie Ihrem Kollegen, der nun selbst ein Opfer geworden ist... das tut mir sehr leid..."

Nina versuchte, sich dem Sog der Fotos zu entziehen, und beugte sich etwas vor.

"Den Verlust unseres Kollegen, der jahrelang mein Partner war, werden wir alle nicht so schnell verwinden... aber wir werden alles tun, um diesen brutalen Schlächter zu fangen, und da ist uns jede Hilfe recht..."

Kaufmann drehte das Glas in der Hand, sah nachdenklich vor sich hin und blickte Nina plötzlich direkt in die Augen.

"Sie wissen, daß ich einige Zeit fürs LAPD gearbeitet habe... mir stehen Programme zur Verfügung, die sonst niemand hat, und, verzeihen Sie mir diese Bemerkung, ich bin unbefangen... ich wäre sehr gerne ein Teil Ihres Teams..."

Nina spürte Kaufmanns Blick. Ein leises Kribbeln, wie von einer sanften Liebkosung, lief über ihre Kopfhaut und ließ sie innerlich erschauern. Ihre Lippen formten die Worte wie von selbst.

"Wir sprechen mit unserem Vorgesetzten und teilen ihm mit, daß wir bereit sind zu einer Zusammenarbeit..."

"Das freut mich zu hören..."

Kaufmann stellte sein Glas ab, seine Augen strahlten.

Balkenhausen rückte sich auf der Couch zurecht und legte seine Ellbogen mit gefalteten Händen auf die Knie.

"Verzeihen Sie, eine Frage... was reizte Sie, als Profiler zu arbeiten?"

Kaufmann wurde ernst und wandte sich voller Emphase Balkenhausen zu.

"Die Abgründe im Menschen... wozu er fähig ist... wenn man das nicht kennengelernt hat, sollte man nicht als Therapeut tätig sein..."

"Hierzulande ist das Profiling ja noch nicht so verbreitet... was sind sonst die Schwerpunkte in Ihrer Praxis?"

Kaufmann schlug die Beine übereinander und lehnte sich zurück.

"Na ja, das läßt sich nicht in einem Wort beschreiben... ich konzentriere mich vor allem auf Patienten, die einen schweren Schock erlitten haben... Angstzustände, Klaustrophobie..."

"Ist das nicht eher etwas für die Psychiatrie?"

Kaufmann schenkte Balkenhausen ein dünnes Lächeln.

"Die Zeiten sind vorbei, da alles Übel nur in der Familie gesucht und jeder Traum auf Mißbrauch analysiert wird, um es mal salopp auszudrücken... es geht darum, Vertrauen aufzubauen, die Seele zu reinigen und für neue Erfahrungen empfänglich zu machen... da helfen keine starren Methoden, die Patienten brauchen einen gefestigten Menschen als Gegenüber und eine Art osmotischen Austausch mit ihm..."

Nina sah Balkenhausen an und erhob sich, Kaufmann tat es ihr nach.

"Über diese Dinge kann man endlos reden... unsere Berufe unterscheiden sich gar nicht so sehr voneinander, nur daß wir irgendwann zugreifen müssen..."

Balkenhausen blieb sitzen und sah von Nina zu Kaufmann.

"Nur noch eine Frage... mir wurde vorhin nicht ganz klar, ob Sie mit Walter Helwig gesprochen haben, oder ob dieses Gespräch nur vereinbart wurde?"

Kaufmann wandte sich Balkenhausen zu, sein Lächeln wurde frostig.

"Selbstverständlich haben wir miteinander gesprochen... er war sehr aufgeschlossen... er hatte Format... hat er Sie nicht darüber informiert?"

Nina warf Balkenhausen drohend einen Blick zu.

"Nein hat er nicht... er kam wohl leider nicht mehr dazu..."

Eine leichte Irritation senkte sich über den Raum, dann stand auch Balkenhausen auf.

"Tut mir leid, man hat mir beigebracht, lieber eine Frage zu viel als zu wenig zu stellen..."


Draußen im Flur zischte Nina Balkenhausen wütend an.

"Was sollte diese Frage? Ohne Not schaffen Sie ein Mißtrauen, das jetzt bei jedem weiteren Gespräch mitschwingen wird..."

"Sind wir jetzt wieder beim Sie?"

"Entschuldige..."

"Okay... aber warum hast du so schnell zugestimmt? Bei Kaufmann klang alles so amerikanisch, so einstudiert..."

"Du bist zu empfindlich... an seiner Stelle möchte ich auch unbedingt dabei sein..."

"Und warum hat Helwig dir nichts gesagt?"

Nina sah Balkenhausen mürrisch an.

"Vielleicht war es ihm peinlich, daß Zirner so wenig Vertrauen in uns hat..."

Balkenhausen legte einen Arm um Ninas Schultern und lächelte ihr aufmunternd zu.

"Der versucht sich doch nur abzusichern..."

Auf dem Weg zurück zum Morddezernat preßte sich Nina tief in den Beifahrersitz. Sie hatte Balkenhausen das Steuer überlassen, um besser nachdenken zu können.

"Es macht mich krank, daß wir keine Verbindung herstellen können zwischen den einzelnen Opfern... was sind das für Ereignisse, die einen Menschen in eine Bestie verwandeln, und wie weit liegen sie zurück?"

Balkenhausen fuhr ruhig und konzentriert, er fühlte sich jetzt sichtlich wohler in seiner Haut.

"Normalerweise gibt es bei jedem Mord ein eindeutiges Motiv... Habgier, Ehrverletzung, Liebestragödien... aber was hat unseren Serienkiller aus der Bahn geworfen? Und warum so viele Opfer?"

"Was willst du damit sagen?"

"Ich denke, es muß eine Abfolge von Ereignissen gegeben haben, die zu einem finalen Drama führte... und offenbar hat in den Augen des Schlächters jedes einzelne seiner Opfer etwas dazu beigetragen..."

"Also eine Art Sippenhaftung..."

"Ja, so ähnlich..."

"Und wie paßt Walter Helwig dazu?"

"Der Täter fürchtete wohl seinen Scharfsinn..."

Nina hob in gespielter Entrüstung eine Augenbraue.

"Meinen nicht?"

Balkenhausen lachte.

"Frauen werden immer unterschätzt..."

Nina sah eine Weile aus dem Fenster.

"Und wenn er nun gar kein Motiv hat?"

"Das glaube ich nicht... dazu sind die Inszenierungen zu ausgeklügelt..."

Nina schüttelte wütend den Kopf.

"Eine Gleichung mit sechs Unbekannten... wir müssen nochmal alle Betroffenen befragen und jedes Opfer zehn Jahre zurückverfolgen, bis wir irgendeine Übereinstimmung finden..."

Bevor Balkenhausen antworten konnte, klingelte Ninas Handy.

"Ja?"

*"Nina Brandner? Hier Norbert Laschet von der Streife... ich rufe Sie lieber auf dem Handy an... es geht um Ihren Bruder... können Sie kommen? Wir sind auf dem P+R-Parkplatz im Norden..."*

"Verstanden... wir sind in zehn Minuten da..."

Nina richtete sich in ihrem Sitz auf, sie war bleich geworden und schien wie verwandelt.

Balkenhausen sah sie fragend an.

"Bitte fahr schneller... es geht wieder mal um meinen Bruder... Parkplatz P+R im Norden..."

Balkenhausen setzte das Blaulicht aufs Dach, schaltete die Sirene ein und gab Gas.

Der Streifenwagen stand quer über zwei Parkplätze, als sie in die Einfahrt zum riesigen P+R einbogen. Balkenhausen hielt in einigem Abstand, und Nina öffnete die Tür.

"Warte bitte auf mich..."

Ein Streifenbeamter stieg ebenfalls aus, als er Nina von hinten auf ihren Wagen zu kommen sah.

"Norbert Laschet... ich habe Sie angerufen..."

"Nina Brandner... vielen Dank, daß Sie sich die Mühe machen..."

Die beiden schüttelten sich die Hände, der Beamte suchte nach den richtigen Worten.

"Wir haben routinemäßig den Parkplatz kontrolliert... da fiel uns ein junger Mann auf, der sich um die Autos herumdrückte und ausprobierte, ob welche unverschlossen waren..."

Nina nickte und schaute beschämt zu Boden.

"Mein Bruder..."

"Es waren nur Versuche, aber er ist kein unbeschriebenes Blatt... beim nächsten Mal müssen wir ihn mitnehmen..."

"Ich bin Ihnen wirklich sehr dankbar..."

"Reden Sie mit ihm, wir vertreten uns solange die Beine..."

Laschet tippte sich an die Mütze und schlenderte gemächlich vom Streifenwagen weg.

Nina stieg hinten ein, wo ihr Bruder Roland saß, der zweite Polizist nickte ihr zu, rutschte vom Sitz und gesellte sich zu seinem Kollegen.

Roland verzog sich steif und bockig in die Ecke, mit seinen fleckigen Jeans, der Kapuzenjacke und den zerrissenen Sneakers sah er aus wie ein Penner. Nina legte ihm eine Hand auf den Arm und rückte ein wenig näher.

"Mann, Rollo, was soll der Scheiß... ich denke, du hast mir etwas versprochen..."

Roland zog heftig seinen Arm weg, ohne seine Schwester anzusehen.

"Leck mich... der Alte hängt doch auch nur den ganzen Tag rum und kippt sich die Birne voll..."

Nina tat einen tiefen Seufzer.

"Billige Ausreden... unser Vater ist krank, er kann nicht arbeiten..."

"Aber auf mir herumhacken, das kann er... oder soll ich mir etwa an dir ein Vorbild nehmen? Arme Schlucker verhaften, die sich nicht wehren können?"

Nina schnaubte kopfschüttelnd in sich hinein.

"Wie wär's mit Autos reparieren, statt sie zu klau-en? Kowiak will es nochmal mit dir versuchen..."

"Ach, ihr tratscht hinter meinem Rücken über mich?"

"Er hat *mich* angerufen... er weiß doch genauso gut wie ich, daß du nicht halb so abgebrüht bist, wie du dich gibst..."

Das schien Roland zu treffen.

"Und bitte, sei heute abend zu Hause... Mutter hat Geburtstag, falls du dich dran erinnerst, ich werde auch kommen, und ihr zuliebe werden wir so tun, als wären wir eine ganz normale Familie..."

Roland druckste in seiner Ecke herum.

"Ist das alles?"

"Ja, du kannst gehen..."

"Die nehmen mich nicht mit?"

Nina schüttelte den Kopf und sah ihrem Bruder in die Augen. Es war so etwas wie Staunen darin und Beschämung. Roland öffnete die Tür, sah seine Schwester kurz an, als wollte er etwas sagen, ließ es dann aber, stieg aus und schlich davon, die Hände tief in den Hosentaschen vergraben. Auch Nina stieg aus, machte den Kollegen ein Zeichen und ließ sich neben Balkenhausen, der sie aufmerksam musterte, erschöpft auf den Beifahrersitz fallen.

"Alles okay?"

"Ja, fürs erste... die eigene Familie kann die Hölle sein, und ausgerechnet heute hat meine Mutter Geburtstag..."

Die beiden sahen dem Streifenwagen nach, der im weiten Bogen vom Parkplatz fuhr, vorbei an Roland, der auf dem Weg zur U-Bahn erschrocken einen Schritt zur Seite machte.

Nina riß sich zusammen.

"Fangen wir mit unseren Recherchen bei Dr. Wagner an... das finale Drama, wie du es nennst, kann nur der Tod eines geliebten Menschen sein, das ist der Schlüssel..."

"Das sehe ich auch so..."

"Wagner war zwar im Krankenhaus gut angesehen, möglicherweise stoßen wir dennoch auf einen strittigen Fall..."

"Es gibt immer Menschen, die finden, die Ärzte hätten zu wenig getan..."

"Dann auf zum St. Marien Krankenhaus..."

Balkenhausen startete den Motor und reihte sich geduldig in den Verkehr ein.


Es dunkelte bereits, als sich Nina von Balkenhausen bis vor die Haustür fahren ließ. Sie winkte ihm zu und betrat atemlos ihr winziges Zwei-Zimmer-Apartment, das so karg und unpersönlich eingerichtet war, als wohnte sie im Hotel. Sie war so gut wie nie zu Hause, doch das Gefühl, einen sicheren Fluchtpunkt zu haben, beruhigte sie ungemein. Sie zog sich rasch aus, stellte sich unter die Dusche und zog andere Klamotten an, etwas weniger dienstliche, aber auch nicht die ausgefallenen, in denen sie mit Gregor ausging, sie wollte ihre Familie nicht provozieren. Aus dem Schrank holte sie die Seidenbluse, die sie ihrer Mutter zum Geburtstag gekauft hatte, und wickelte sie in ein Geschenkpapier ein, die Verpackung für ein Kleid, das Gregor ihr auf einer Italienreise spendiert hatte. Sie fand das Muster mit den Olivenzweigen so edel, daß sie es extra aufbewahrt hatte. Nina griff zu ihrem Handy und wählte eine gespeicherte Nummer.

"Gregor? Ich gehe jetzt zum Geburtstag meiner Mutter, aber ich bleibe nicht lange... bist du so ab zehn zu Hause? Toll... ich komme dann gleich zu dir..."

Nina inspizierte sich kurz im bodentiefen Spiegel, der im Flur hing, dann fiel die Tür hinter ihr ins Schloß.


Ninas Eltern und ihr Bruder wohnten weit draußen beengt in einer Erdgeschoßwohnung. Vor drei Jahren hatte ihr Vater in der Chemiefabrik, in der er angestellt war, bei einem Unfall Verätzungen an der Lunge erlitten, seitdem war er erwerbsunfähig und bezog eine kleine Rente. Wie die meisten Männer konnte er die Untätigkeit und den damit verbundenen Ansehensverlust nur schwer verkraften und hatte angefangen zu trinken. Ihre Mutter, bis dahin als Hausfrau tätig, arbeitete jetzt halbtags im Supermarkt an der Kasse, damit sie über die Runden kamen, zusätzlich mußte sie auch noch seine Launen ertragen. Sie war gutmütig, aber viel zu schwach, um die Familie zusammenzuhalten. Für Ninas labilen Bruder war dieses Klima Gift für seine Entwicklung, es kostete sie viel Kraft, ständig dagegenzusteuern.

Auf Ninas Klingeln öffnete ihr Bruder, der sie ausdruckslos taxierte, als hätten sie sich nicht erst heute nachmittag unter beschämenden Umständen getroffen. Roland verschwand im Wohnzimmer und fläzte sich in eine Ecke des durchgelegenen Sofas. Der Tisch war gedeckt, Kerzen brannten, ihre Mutter hatte sich große Mühe gegeben. Sie hatte sich zurechtgemacht und kam ihr mit einem Topf aus der Küche entgegen, den sie rasch auf den Eßtisch stellte. Sie war erhitzt vom Kochen und bemühte sich krampfhaft um ein strahlendes Lächeln. Nina umarmte sie innig und überreichte ihr das Geschenk.

"Alles Gute zum Geburtstag, Mama, bleib gesund und denk' mal ein bißchen mehr an dich..."

Die Mutter warf rasch einen Blick auf die Verpackung.

"Ach, Nina, du hast mir sicher wieder etwas Sündteures gekauft..."

"Dann schau doch mal nach..."

Die Mutter löste vorsichtig die bunten Bänder und faltete das Papier so behutsam auseinander, als ob das ihr Geschenk sei, dann faßte sie nach der Bluse und hob sie an ihr Gesicht.

"Eine Seidenbluse! Und genau die Farbe, die mir am besten steht!"

Die Mutter legte die Bluse mit dem Papier auf eine Kommode und umarmte ihre Tochter heftig.

"Danke, Nina, du machst mir eine große Freude.."

Der Vater war ins Wohnzimmer getreten, er wirkte aufgeschwemmt und ungepflegt, das Gesicht war gerötet. Die letzten Worte seiner Frau hatte er noch mitbekommen.

"Mein Dampfkochtopf hat ihr nicht so gut gefallen..."

Die Mutter sah zwischen ihrem Mann und Nina hilflos hin und her, bemüht, keinen Streit aufkommen zu lassen.

"Ach was, natürlich habe ich mich gefreut... es ist nur... eine Bluse ist eben etwas anderes..."

Die Mutter zupfte am Tischtuch herum und sah dann auffordernd in die Runde.

"Kommt jetzt, wir wollen essen, es wird sonst alles kalt..."

Roland und der Vater schlichen zu ihren Plätzen, Crevetten-Cocktails in gläsernen Schalen waren auf großen Tellern angerichtet. Der Vater entkorkte ungeschickt eine Flasche Frizzante, der in einem Weinkühler stand, und schenkte allen ein, unübersehbar zitterte seine Hand. Roland begleitete das Prozedere nach einem verstohlenen Seitenblick auf Nina mit einem höhnischen, wissenden Grinsen, die Mutter schaute besorgt, als der Vater die Gläser fast bis zum Rand füllte, und Nina betete, daß alles friedlich blieb. Der Vater hob sein Glas und prostete lieblos in die Runde.

"Na dann Prost, jünger kommen wir nicht mehr zusammen..."

Mit einem Zug leerte er fast das ganze Glas und fing an zu essen.

Nina hielt ihr Glas noch in der Hand und stieß mit ihrer Mutter an.

"Auf dein Wohl... und auf uns alle... es ist lange her, daß wir so zusammensaßen..."

Der Vater schenkte sich nach und aß unbeherrscht weiter.

"An uns liegt es nicht, wir sind ja nicht so schwer zu finden..."

Nina ließ sich nicht provozieren.

"Ach Papa, sei friedlich, es ist doch Mamas Geburtstag..."

Nina half ihrer Mutter, die Vorspeiseteller hinauszuräumen und das Hauptessen zu servieren. Es gab Schmorbraten mit Bohnen und Bratkartoffeln, das Lieblingsessen ihres Vaters, sie hatte nicht gewagt, nach ihren eigenen Wünschen zu kochen, doch wenigstens besänftigte das ihren Vater.

Roland schwieg das ganze Essen über, nur ab und zu warf er seiner Schwester einen unsicheren Blick zu, offenbar erwartete er jeden Augenblick, daß sie ihn bei den Eltern verpetzte. Auch der Vater trug kaum zur Unterhaltung bei, und wenn, dann wie üblich mit einer sarkastischen Bemerkung, er war beschäftigt mit Essen und Trinken, nur die Mutter versuchte mit allen Mitteln, ein Tischgespräch in Gang zu halten, sie berichtete von ihrer Arbeit, was die

Leute ihr so erzählten und stellte alle möglichen Fragen. Dann kam die Nachspeise, Vanille-Eis, und für Nina begann die quälende Suche nach einem harmonischen Abgang. Schließlich legte sie ihrer Mutter eine Hand auf den Arm.

"Tut mir leid, ich muß jetzt leider gehen, ich muß morgen früh raus..."

Der Vater schob sich einen Löffel geschmolzenes Eis in den Mund.

"Ist ja ganz was Neues..."

"Auch dir wünsche ich eine schöne Zeit..."

Nina lächelte ihm zu und ging durch den Flur zur Wohnungstür, begleitet von einem langen Blick ihres Bruders, der verwundert zu sein schien, daß sie ihn nicht verraten hatte.

Die Mutter war Nina nachgegangen und holte sie an der Tür ein. Sie umarmten sich, und die Mutter brach in Tränen aus.

"Ich wünsche mir die Zeit zurück mit euch als kleinen Kindern... da war dein Vater ein ganz anderer Mensch..."

Nina drückte lange ihre Mutter.

"Ich weiß, Mama, es wird alles wieder gut..."


Gregor lag schon im Bett und arbeitete an seinem Laptop, als Nina im Nachthemd zu ihm ins Schlafzimmer trat.

"Na, wie war's?"

"Wie immer..."

Nina warf die Zeitung von heute aufs Bett und schlüpfte zu ihm unter die Decke.

"Mit diesem Mist muß ich mich auch noch herumschlagen..."

"Ich war's nicht, das weißt du... das steht doch jetzt überall..."

"Dann sag' mir etwas Nettes..."

Nina schmiegte sich eng an ihn und schloß die Augen. Gregor warf einen raschen Blick auf sie, klappte seinen Laptop zu und löschte das Licht. Er zog Nina mit beiden Armen an sich und spürte, wie sie sich bereitwillig seiner Umarmung hingab. Er lächelte. Zum Henker mit seinen Recherchen, <carpe diem> lautete die Losung, sollten sich doch sämtliche Betrüger dieser Welt ohne ihn den Kopf einschlagen...

4

Nina wartete auf dem Fuhrpark des Polizeipräsidiums auf Balkenhausen, zusammen gingen sie auf ihren Dienstwagen zu. Balkenhausen hielt Nina den Autoschlüssel hin.

"Willst du heute fahren?"

"Ich bin kein Multi-Tasker... ich kann schlecht fahren und denken..."

Balkenhausen öffnete die Türen und setzte sich ans Steuer, Nina holte ihr Smartphone hervor und nahm auf dem Beifahrersitz Platz, der Wagen rollte auf die Straße.

"Also... im St. Marien Krankenhaus haben in den letzten zehn Jahren elf Patienten nicht überlebt, als Wagner auf der Notfallstation war... drei sehr alte Menschen, vier Unfallopfer, zwei mit Herzinfarkt, einer mit Gehirnblutung und eine junge Frau, die an Sepsis starb... in keinem der Fälle wurde Wagners Kompetenz in irgendeiner Weise in Zweifel gezogen, weder von innen noch von außen..."

Nina sah kurz zu Balkenhausen hinüber.

"...und Ironie des Schicksals... am Abend seiner Ermordung hat er einem Mann nach einem Herzinfarkt noch das Leben gerettet..."

Balkenhausen wiegte den Kopf.

"Wenn ein Mensch sein Liebstes verliert, reagiert

er selten rational... hast du die elf Daten?"

Nina deutete auf ihr Smartphone.

"Alles hier drin..."

"Auf der medizinischen Fakultät haben sie mir ein Paßwort gegeben, damit haben wir Zugang zu sämtlichen Prüfungsergebnissen, Anstellungen und Beförderungen, an denen der Dekan beteiligt war..."

"Und die Apothekerin?"

"Sobald wir ein Datum haben, können wir die Rezepte prüfen, die zu diesem Zeitpunkt eingelöst wurden..."

"Dann wollen wir doch mal sehen, was uns Gertrud Blum zu sagen hat..."


Der Betrieb <H. Blum / Installateur> befand sich in einem Hinterhof etwas außerhalb des Zentrums. Kühlschränke standen herum, Waschbecken, eine komplett in Plastik verpackte Dusche. Ein klappriger Lieferwagen mit heruntergelassener Klappe versperrte den Eingang. Zwei Männer mühten sich mit allen Kräften, einen gußeisernen Ofen auf die Ladefläche zu hieven.

Nina und Balkenhausen gingen um sie herum und betraten die schlecht ausgeleuchtete Werkstatt. Im Hintergrund, in einem gläsernen Verschlag, saß Gertrud Blum an einem Schreibtisch. Sie sah auf und ging ihren Besuchern bis vor die Tür entgegen.

"Sie sind sicher die beiden Beamten, die angerufen haben... bitte kommen Sie herein."

Sie schloß die Glastür hinter den beiden und zeigte auf zwei Stühle vor ihrem Schreibtisch.

"Bitte nehmen Sie Platz..."

Balkenhausen und Nina setzten sich und wollten ihre Ausweise zücken, doch Gertrud Blum schüttelte den Kopf. Sie sah verhärmt und abgearbeitet aus.

"Nicht nötig... an Frau Brandner kann ich mich noch erinnern..."

Nina rückte mit ihrem Stuhl etwas näher.

"Es tut uns leid, Frau Blum, wir müssen Sie leider nochmal belästigen..."

Nina schaute sich kurz um.

"...und wir hoffen, Sie kommen zurecht nach dem schweren Verlust, den Sie erlitten haben..."

Gertrud Blum schluckte, doch sie hatte keine Zeit für Tränen, oder sie hatte schon zuviel geweint.

"Mein Bruder hilft mir, er ist auch Installateur, meine beiden Töchter führen ihr eigenes Leben … und ich habe schon immer die Buchhaltung geführt..."

"Das freut uns zu hören... Frau Blum, wir haben Grund zu der Annahme, daß sich ihr Mann nicht umgebracht hat, es sollte nur so aussehen... er wurde ermordet..."

Gertrud Blum wand sich gequält auf ihrem abgewetzten Drehsessel.

"Wie krank muß jemand sein, um sich so etwas auszudenken..."

Balkenhausen mischte sich ins Gespräch.

"Es gibt eine Reihe ähnlicher Fälle, und wir versuchen, einen Zusammenhang herzustellen..."

Nina griff nach ihrem Smartphone und rief eine bestimmte Seite auf.

"Frau Blum, hat Ihr Mann jemals einen Auftrag vom St. Marien Krankenhaus erhalten? Wir haben hier elf Daten, die dafür in Frage kommen..."

Gertrud Blum schaltete den Computer ein und öffnete einen Ordner.

"Fragen Sie, hier sind alle Aufträge verzeichnet..."

"Vor zehn Jahren... 17. Januar... suchen Sie eine Woche davor und danach..."

Gertrud Blums Finger liefen mühelos über die Tasten.

"Nein... kein Eintrag..."

"Im selben Jahr... 18. Juni..."

"Nein, tut mir leid..."

"Ein Jahr später... 15. Mai..."

Gertrud Blum scrollte eine lange Liste durch, dann fuhr sie nochmal nach oben.

"Hier, tatsächlich... 14. Mai, St. Marien Krankenhaus... Rohrbruch... mein Mann kannte den Hausmeister..."

Die Köpfe von Nina und Balkenhausen zuckten förmlich nach vorne.

"Ja, und jetzt fällt es mir wieder ein... da gab es ein Riesentheater... mein Mann lud gerade sein Werkzeug auf eine Karre, als ein Taxi um die Ecke brauste und nicht vorbei konnte. Ein junger Mann stieg aus und schrie ihn an, es hätte nicht viel gefehlt, und sie hätten sich geprügelt... mein Mann machte Platz, das Taxi fuhr zum Eingang, und der junge Mann und der Taxifahrer schleppten eine junge Frau die Treppe hoch..."

"War das der Eingang zur Notaufnahme?"

"Nein, das war am Haupteingang..."

Nina und Balkenhausen sahen sich an und standen fast gleichzeitig auf. Gertrud Blum sah erschrocken von ihrem Computer hoch.

"Habe ich etwas Falsches gesagt?"

"Gott bewahre... Sie haben uns wahrscheinlich zum Durchbruch verholfen..."


Auf dem Weg zum Dienstfahrzeug hatten sie es eilig, Balkenhausen rannte beinahe.

"Wie heißt die junge Frau, die vor neun Jahren an Sepsis verstarb?"

"Felisia Ramirez... "

"Verheiratet?"

"Nein, aber sie war schwanger..."

"Ein Königreich für einen Computer..."

Am Auto angelangt, riß Balkenhausen die Autotür auf und wollte sich ans Steuer setzen, doch Nina hielt ihn auf.

"Warte, ich setze mich ans Steuer und du bedienst den Computer... okay?"

"Kein Problem..."

Nina setzte sich ans Steuer, Balkenhausen ging um das Auto herum, ließ sich auf den Beifahrersitz fallen und schaltete den Bordcomputer ein.

"Die Kernfrage ist, wer Felisia Ramirez am 14. Mai ins Krankenhaus brachte..."

Balkenhausens Hände bewegten sich leicht über die Tasten, diese Art von Arbeit schien ihm nicht fremd.

"Hier... Felisia Ramirez... die Papiere wurden von einem gewissen Thomas Marin unterschrieben..."

"Und wer hatte Dienst in der Notaufnahme?"

Balkenhausen öffnete einen neuen Ordner und scrollte rasch nach unten.

"14. Mai... Dr. Wagner..."

"Der Taxifahrer?"

Neue Fenster ploppten auf.

"...schrieb einen Bericht an die Zentrale... wollte sich wohl absichern... ein hysterischer Fahrgast mit einer leblosen jungen Frau... Fahrt zum St. Marien Krankenhaus... Streit mit einem Handwerker..."

"Das ist der Installateur... was ist mit dem Dekan?"

Wieder ein neuer Ordner. Balkenhausen schrieb <Thomas Marin> in das Suchfeld und klickte auf <Suche>. In der Liste der Bewerber, die vor etwa zehn Jahren beim zweiten Staatsexamen durchgefallen waren, stand auch sein Name.

"Und jetzt die Apothekerin..."

Balkenhausens Hände flogen wieder über die Tasten.

"Ein rezeptpflichtiges Medikament gegen Grippe... eine Woche vor Felisia Ramirez' Tod mit der Kreditkarte von Thomas Marin bezahlt..."

Erregt beugte sich Nina zu Balkenhausen hinüber.

"Thomas Marin! Sieh nach im Melderegister..."

Balkenhausens Anfrage wurde zur Vermißtenabteilung der Polizei weitergeleitet.

"Thomas Marin... auf einer Reise nach Peru... in den Anden verschollen...."

Aus Nina wich schlagartig jede Körperspannung.

"So ein Mist! Jetzt fängt wieder alles von vorne

an..."

Balkenhausen ließ einen Augenblick seine Hände ruhen.

"Was hast du erwartet? Daß er uns freundlich die Tür aufmacht?"

Nina gab sich einen Ruck und setzte sich gerade hin.

"Was ist mit seinen Eltern?"

Ein paar Klicks, und das Ergebnis war da.

"Wir haben Glück, beide leben noch, und zwar in dieser Stadt... wir müssen sie sofort kontaktieren..."

Nina zögerte und sah Balkenhausen nicht an.

"Wieso? Die können warten... mit diesen Ergebnissen möchte ich erst zu Kaufmann, er ist doch jetzt unser Partner..."

"Aber er hat doch noch keinen Zugang zu unseren Daten..."

Nina holte einen Stick und einen Briefumschlag aus ihrer Jackentasche.

"Alles dabei, Vertrag, Zugangsdaten, die können wir ihm jetzt gleich schicken..."

Balkenhausen sah Nina an und wollte etwas erwidern, verkniff es sich aber. Nina runzelte die Stirn.

"Was ist? Warum so skeptisch? Gib ihm doch eine Chance..."

Bevor Balkenhausen den Mund aufmachen konnte, meldete sich der Polizeifunk.

*"Zentrale an Pegasus 39, bitte melden... "*

Nina schaltete hastig das Mikro ein.

"Hier Pegasus 39..."

*"Leichenfund im Vogelsang 15, Verdacht auf Selbsttötung... Kollegen sind vor Ort... ich wiederhole: Leichenfund im Vogelsang 15..."*

"Verstanden... Leichenfund im Vogelsang 15... sind schon unterwegs..."

Nina schaltete das Mikro aus und setzte das Blaulicht aufs Dach. Balkenhausen tastete die Adresse ins Navi, Nina startete den Motor, schaltete die Sirene ein und legte nach einem Blick auf den Stadtplan einen rasanten U-Turn hin, ihre Augen blitzten.

Vogelsang 15 erwies sich als altes, halbverfallenes Häuschen am Stadtrand, das mitten in einem wildwuchernden Garten stand. Ein Streifenwagen stand davor und ein Fahrzeug der Spurensicherung.

Mona Ryser kam Nina und Balkenhausen in Arbeitskleidung an der Haustür entgegen.

"Ich dachte, es gibt keine Steigerung mehr, aber das hier..."

Sie ging den beiden Kriminalbeamten voraus durch einen engen, muffigen Flur, der rechts zum Bad abbog, neben dem eine Heimsauna eingebaut war. Die Leute von der Spurensicherung machten

Mona Ryser Platz, die vor der offenen Tür stehen blieb.

"Ihr könnt einen Blick hineinwerfen, den Rest lieber mündlich..."

Sie trat etwas beiseite und gab den Blick frei ins Innere der Sauna. Ganz hinten an der Wand lehnte etwas in sitzender Stellung, das früher ein Mensch, eine Frau, gewesen war, jetzt jedoch, in diesem Stadium der Verwesung, sah man kaum mehr als ein von Knochen und Sehnen zusammengehaltenen Haufen grünlich schimmerndes Zellgewebe.

Mona Ryser schob ihre beiden Kollegen von der Tür weg ins Wohnzimmer, wo sie sich alle setzten. Nina war kreidebleich, und Balkenhausen schwammen die Augen.

"Die Frau heißt Maritta Koch, sie ist geschieden und wohnte allein hier. Vor drei Wochen sollte sie ihren Urlaub antreten, deshalb hat sie niemand vermißt.... soll ich fortfahren?"

Nina sah kurz auf und nickte.

"Sie war nackt, ihre Unterarme lagen auf ihren Schenkeln, die Pulsadern aufgeschnitten... links unter dem Schulterblatt der übliche Einstich..."

Wie aus einem schlechten Traum erwachend, sahen Balkenhausen und Nina gleichzeitig hoch.

"Willst du damit sagen, es ist noch so ein Fall?"

"Eindeutig... <Selbsttötung> Nr. 7..."

Balkenhausen schüttelte seine Betäubung ab.

"Wie lange ist das her?"

"Ihre Koffer sind noch gepackt... geschah wohl direkt vor ihrer geplanten Abreise..."

"Wo hat sie gearbeitet?"

Mona Ryser machte ein bedeutungsvolles Gesicht.

"Seit fünfzehn Jahren am Empfang vom St. Marien Krankenhaus... und wie alle anderen hätte auch sie einen Grund für ihren Abgang gehabt... zum Ende des Jahres wurde ihr gekündigt..."

Nina sah Balkenhausen an, sprang auf und drückte Mona heftig.

"Vielen Dank, Mona... diesmal haben wir eine heiße Spur!"


Kaufmann hatte seinen Computer eingeschaltet und zwei Drehstühle neben seinen Bürosessel geschoben. Nina händigte ihm den Vertrag aus.

"Hier, der Vertrag... die Zugangsdaten zum Polizeicomputer haben wir Ihnen ja von unterwegs geschickt... jetzt sind wir ein Team..."

"Das weiß ich zu schätzen... ich habe bereits ausgiebig recherchiert..."

Kaufmann setzte sich auf seinen Bürosessel und drehte sich zu Balkenhausen und Nina um, die auf der Couch Platz genommen hatten.

"Nach den Erkenntnissen, die uns jetzt zugänglich sind, und dem, was Sie mir am Telefon erzählten, gibt es jetzt einen eindeutig Verdächtigen... Thomas Marin... gratuliere..."

Nina lachte freudlos.

"Nur daß er seit neun Jahren in den Anden verschollen ist..."

"Lassen Sie sich nicht täuschen, er ist zurück... von dort hat er wahrscheinlich *Curare* mitgebracht, das Pfeilgift, mit dem er seine Opfer lähmt..."

Balkenhausen hob den Kopf und sah zu Kaufmann hinüber.

"Das ist doch nur eine Vermutung..."

"Eine Vermutung, gewiß... aber sie beruht auf Fakten... und diese deuten ganz klar auf einen klassischen Fall von Schuldübertragung hin... nach dem verpatzten zweiten Staatsexamen arbeitete Thomas Marin zwei Jahre als Pharmavertreter für *Sanimed*... eine Woche vor dem Tod seiner Freundin muß er bei ihr wohl Grippe statt Sepsis diagnostiziert haben... im Anfangsstadium ähneln sich die Symptome, Schüttelfrost und Fieberschübe... und als er seinen verhängnisvollen Irrtum erkannte, war es zu spät... seine Freundin lag bereits im Sterben..."

Kaufmann war immer leiser geworden und sah seine Besucher nicht an, als lauschte er einer inneren Stimme, die ihm die Worte vorgab.

Balkenhausen sah Nina an und wandte sich dann an Kaufmann.

"Das alles lesen Sie aus unseren Daten?"

Kaufmann lächelte traurig.

"Glauben Sie mir, es gibt keine andere Erklärung... Marin konnte es nicht ertragen, schuld am Tod seiner Freundin zu sein, deshalb mußten andere sterben... der Dekan, weil er ihn durchfallen ließ, die Apothekerin, weil sie ihm ein Grippemittel verkaufte, der Taxifahrer und die Rezeptionistin waren wohl zu langsam, der Installateur stand im Weg, und der Arzt in der Notaufnahme konnte seine Freundin nicht retten..."

"Was ist mit meinem Kollegen? Helwig? Wußte er etwas, das wir nicht wissen?"

Kaufmann zuckte mit den Schultern.

"Vielleicht war es nur eine Machtdemonstration..."

Balkenhausen mischte sich ein.

"Und wie finanziert er seinen Rachefeldzug?"

"Das ist eine gute Frage... dem müssen wir unbedingt nachgehen..."

Stille breitete sich aus, dann griff Nina nach ihrer Tasche und stand auf.

"Ich denke, wir sollten jetzt die Eltern befragen..."

"Warten Sie! Wir haben noch gar nicht nach einem Code gesucht..."

"Was bringt uns das jetzt?"

"Ein Code ist immer ein Schlüssel... und vielleicht erfahren wir auch, ob er noch mehr <Selbsttötungen> plant..."

Widerwillig nahmen Nina und Balkenhausen neben Kaufmann Platz.

"Meine Suchmaschine enthält Zahlenrätsel, Bibelsprüche, Lebensweisheiten, Zitate, eine Entschlüsselung von Anagrammen... jeden Tag kommt etwas Neues hinzu... einmal bedeuteten die Zahlen die Koordinaten für den Fundort einer Leiche..."

Balkenhausen und Nina sahen sich genervt an.

"Beginnen wir mit den Todestagen der Opfer... die Reihenfolge spielt keine Rolle..."

Nina holte ihr Smartphone hervor.

"Wir haben einmal den 1., den 4., zweimal den 5., einmal den 9. und den 14.... bei Maritta Koch liegt das Datum zwischen dem 10. und dem 16...."

"...also sieben Ziffern..."

Kaufmann gab konzentriert die Zahlen ein und drückte auf <Search>.

Es dauerte eine Weile, dann füllte sich der Bildschirm mit Grafiken und Tabellen, doch nichts schien einen Sinn zu ergeben.

"Nichts, was uns weiterführt... jetzt ordnen wir

den Zahlen die entsprechenden Buchstaben des Alphabets zu..."

Diesmal spuckte die Suchmaschine Hunderte von Buchstabenkombinationen- und Verknüpfungen aus, bis ganz zum Schluß vier Wörter rot blinkten: DES IRAE und DIES RAE.

Nina sah Kaufmann unsicher an.

"Hat das nicht... mit der Apokalypse zu tun?"

"Ja, *Tag des Zorns* oder *Tage des Zorns...*"

Kaufmann betonte diese Worte mit so viel Emphase, daß Nina erschauerte.

Balkenhausen starrte mit gerunzelter Stirn auf den Monitor.

"Nur daß bei DES IRAE oder DIES RAE jeweils ein I fehlt... DIES IRAE..."

Nina sprach kaum hörbar und sah dabei Kaufmann an.

"...und das bedeutet..."

Kaufmann stieß sich mit seinem Drehstuhl vom Schreibtisch ab und sah die beiden ernst an, sein Blick blieb schließlich an Nina hängen.

"...daß übermorgen, am 9., wahrscheinlich ein weiteres Opfer stirbt..."

Ohne zu blinzeln hielt Nina Kaufmanns Blick stand.

"Und wer wird dieses Opfer sein?"

"Jeder, der ihn je schief angesehen hat... und wir können nicht ausschließen, daß er weitere Morde plant..."

"Vielleicht können wir das ja verhindern..."

Kaufmann sah Nina verblüfft an.

"Ach, ja? Und wie?"

"Wir wissen, wie er aussieht, wenn er seinen Opfern auflauert..."

"Ein Fünfzigjähriger im Jogginganzug mit Maske und Perücke? Wollen Sie in den Medien vor ihm warnen?"

Nina wandte den Blick ab, erhob sich hastig und schubste Balkenhausen förmlich von seinem Stuhl.

"Von seinen Eltern werden wir erfahren, wie er in Wirklichkeit aussieht... er kann sich ja nicht Tag und Nacht maskieren..."

Kaufmann blieb auf seinem Bürosessel sitzen und rief ihnen nach.

"Schicken Sie mir alle Informationen, die Sie bekommen können!"

Balkenhausen saß wieder am Steuer, Nina tippte in den Bordcomputer.

"Alfred Marin, 63, städtischer Angestellter... Edith Marin, 59, Hausfrau... unbescholtene Bürger, seit 37 Jahren verheiratet... Thomas ist ihr einziges

Kind..."

Balkenhausen sah geradeaus auf die Straße.

"Kein Wort von unserem Verdacht, wir quetschen sie nur aus... richtig?"

Nina nickte bestätigend und sah mehrmals auffordernd zu ihm hinüber, doch Balkenhausen schwieg beharrlich.

"Nun sag' schon, was du von Kaufmann hältst..."

Balkenhausen zog die Schultern hoch.

"Was gibt's da zu sagen? Der Kerl ist aalglatt, auch wenn er ein paar Sachen draufhat..."

"Der Code! Wären wir ohne ihn auf diesen Code gestoßen?"

Balkenhausen seufzte.

"Hierzulande kennen wir nur Terroranschläge und ab und zu mal einen Amoklauf... Psychopathen, die ihre Schuldgefühle in Mordgier umwandeln und zu Serienkillern mutieren, finden sich eher selten..."

"Mit anderen Worten, Kaufmann kann uns helfen..."

Balkenhausen sah Nina kurz an, sein Gesicht war fahl und ohne jeden Ausdruck.

"Jeder, der dazu beiträgt, diesen Wahnsinn zu beenden, ist mir willkommen..."

"Bin froh, daß du das sagst..."

Thomas Marins Eltern bewohnten das Dachgeschß eines schmalbrüstigen, vierstöckigen Reihenhauses ohne Aufzug, das einst zu einer Arbeitersiedlung gehört hatte und dringend einen frischen Anstrich brauchte. Im Treppenhaus roch es nach Putzmitteln und Tütensuppe, die Holzstufen knarzten bei jedem Schritt. Oben neben der Wohnungstür ging rechts an der Stirnseite des Flurs noch eine Tür ab, an der jedoch kein Name stand.

Marins Mutter, in Blümchenschürze, öffnete die Tür, eine hagere, vorzeitig gealterte Frau mit aschgrauen Ringellöckchen, und führte Nina und Balkenhausen ins Wohnzimmer. Ihr Mann, ein ausgetrockneter Mann mit militärisch kurzen Haaren, saß mit finsterem Gesicht in einem Lehnstuhl und blieb demonstrativ sitzen. Vater und Mutter wirkten wie erloschen, ob vom Leben niedergedrückt oder durch den Verlust ihres einzigen Kindes, ließ sich schwer sagen.

Balkenhausen und Nina zeigten ihre Ausweise, Nina übernahm das Reden.

"Hannes Balkenhausen, Nina Brandner... wir haben telefoniert..."

Marins Vater deutete vage auf ein durchgesessenes Sofa, wo die beiden Platz nahmen, seine Frau setze sich angespannt auf die Kante eines Stuhls. Das Wohnzimmer wirkte grau, staubig und ärmlich, in den Wandregalen stapelten sich billige Glasfiguren und anderer wertloser Nippes, die Kommoden, den Eßtisch und weitere Ablageflächen zierten fleckige

Spitzendeckchen.

Nina richtete sich instinktiv an den Vater.

"Es ist für Sie sicher verwirrend, aber wir haben Grund zu der Annahme, daß Ihr Sohn Thomas, der als in den Anden verschollen gilt, noch lebt..."

Der Vater riß die Augen auf, sagte aber nichts, von der Mutter kam das Geräusch von ersticktem Weinen, das wie hohes, ungläubiges Lachen klang.

"Wir dürfen Ihnen leider nicht sagen, in welchem Zusammenhang diese Nachricht steht, aber wir würden gerne wissen, warum Ihr Sohn vor neun Jahren ausgerechnet nach Peru reiste..."

Edith Marin sah ihren Mann an, doch als er nicht reagierte, antwortete sie, leise, kaum verständlich.

"Es war nach dem Tod seiner Freundin..."

"Felisia Ramirez?"

"Ja... ihre Eltern waren aus Peru hierhergezogen, sie wurde hier geboren... im Juni wollten sie heiraten..."

Balkenhausen rutschte näher zur Mutter hinüber.

"Hat er sich mit Ihnen in Verbindung gesetzt?"

"Er hat uns eine Karte geschrieben, als er Felisias Großeltern besuchte... danach haben wir nie mehr etwas von ihm gehört..."

"Dürften wir diese Karte mal sehen?"

Die Mutter stand auf und öffnete einen Glasschrank, in dem die Karte eingerahmt stand. Es war eine dieser Kitschpostkarten mit dem üblichen, nichtssagenden Text. <Herzliche Grüße aus den Anden, auch die Großeltern lassen euch grüßen. Thomas>.

Balkenhausen und Nina beugten sich gespannt über die Karte.

"Dürfen wir sie mitnehmen? Sie bekommen sie garantiert zurück."

Wieder sah Edith Marin ihren Mann an, diesmal antwortete er.

"Nur gegen Quittung..."

"Selbstverständlich... das erledigen wir gleich."

Nina machte Balkenhausen ein Zeichen, und dieser schrieb eine kurze Notiz.

Nina wandte sich an den Vater.

"Herr Marin, wir wissen, daß Ihr Sohn Pech hatte beim medizinischen Staatsexamen..."

Der Vater fuhr in seinem Sessel hoch, seine Wangen wurden fleckig.

"Pech? Sie haben ihn betrogen! Sie konnten nicht ertragen, wie gut er war! Tag und Nacht hing er über seinen Büchern..."

"Hat er hier gewohnt während seines Studiums?"

Nina sah sich unauffällig in der Wohnung um, außer dem Wohnzimmer gab es offenbar nur noch einen zweiten Raum.

Der Vater sank in seinen Sessel zurück.

"Ja, es gibt ein Zimmer, das draußen über den Korridor einen eigenen Eingang hat... von hier aus haben wir einen Durchbruch gemacht und Dusche und Toilette eingebaut..."

Nina versuchte ihre Erregung zu verbergen.

"Kann ich dieses Zimmer mal sehen?"

Wieder sah Edith Marin ihren Mann an.

"Warum interessiert sie das?"

"Nur so... wir möchten sichergehen, daß wir nicht nach der falschen Person suchen..."

Der Vater zögerte, dann machte er zu seiner Frau hin eine Bewegung mit dem Kopf, und die Mutter stand sofort auf. Hinten im Wohnzimmer schob sie einen Vorhang beiseite, und eine Tür kam zum Vorschein. Die Mutter schob den Riegel zurück.

"Bitte sehr..."

"Vielen Dank..."

Nina schlüpfte in das Zimmer, das mit einem schmalen Bett, einem Schreibtisch und einem Kleiderschrank spartanisch eingerichtet und mit medizinischen Büchern vollgestellt war. Rasch sah sie sich um und spähte ins Bad. Neben einem Glas mit Zahnbürste und Zahnpasta, das seit Thomas' Verschwinden vermutlich nie mehr angerührt worden war, sah sie eine Haarbürste voller blonder Haare. Hastig stülpte sie sich einen Gummihandschuh über, löste die Haare aus der Bürste und ließ sie in einen kleinen Plastikbeutel gleiten, den sie sorgfältig verschloß, dann ging sie ins Wohnzimmer zurück.

"Jetzt habe ich nur noch ein Frage... ich sehe nirgends ein Foto Ihres Sohnes..."

Die verschüchterte Stimme der Mutter ließ sich vernehmen.

"Er ließ sich nur ungern fotografieren..."

"Vielleicht von früher? Aus der Schulzeit?"

Die Mutter ging zu einer Kommode, zog eine Schublade heraus, kramte darin herum und kam mit einem einzelnen Foto wieder. Es war eine Porträtaufnahme und zeigte das ernste, abweisende Gesicht eines Zwanzigjährigen mit blondem, strubbligen Haar, auffällig abstehenden Ohren und einer Hornbrille, die wohl Reife und Autorität signalisieren sollte.

"Können wir das auch mitnehmen?"

Balkenhausen hob seinen Zettel mit seiner Notiz hoch.

"Das setze ich auch noch mit drauf..."

Nina steckte das Foto ein, unterschrieb den Zettel, den Balkenhausen schon abgezeichnet hatte, und übergab ihn dem Vater. Zusammen mit Balkenhausen ging sie zur Tür.

"Vielen Dank... wir melden uns, sobald es etwas Neues gibt..."

Die Eltern schwiegen und folgten ihnen in den engen Flur, zwei graue Schatten, verloren in einer Welt, die sie sich schon längst nicht mehr erklären konnten.

Es war schon dunkel, als sie wieder in ihren Dienstwagen stiegen, Nina setzte sich diesmal ans Steuer.

"Ich denke, wir sollten Zirner noch berichten, wir brauchen eine Strategie für übermorgen..."

"Unbedingt... kann ich nochmal das Foto sehen?"

Nina reichte ihm das Foto vom jungen Thomas Marin und ließ den Motor an.

Balkenhausen starrte lange auf das Foto, hielt es nahe vor die Augen und weit von sich weg.

"Selbst wenn er noch genauso aussehen würde, auf der Straße würde ihn kein Mensch erkennen..."

Balkenhausen knallte das Foto unbeherrscht auf die Ablagefläche.

"Dieses Ohnmachtsgefühl macht mich fertig..."

Nina preßte die Lippen zusammen, sagte aber nichts. Sie mußte sich zwingen, im abendlichen Berufsverkehr die Ruhe zu bewahren.

Gregor öffnete Nina die Tür, drückte ihr flüchtig einen Kuß auf die Wange, ging zurück ins Wohnzimmer, wo im Fernseher <American Dad> lief, und flegelte sich wieder in den Fauteuil, aus dem er aufgestanden war. Auf einer Ablage neben ihm stand ein halbleerer Karton mit asiatischem Fingerfood und eine angebrochene Flasche Bier.

Nina betrat vorsichtig das Wohnzimmer, Gregor hob kurz den Kopf.

"Wenn ich gewußt hätte, daß du so früh kommst, hätte ich uns etwas zu essen gemacht..."

Ohne den Ton leiser zu stellen, schob er den Karton, in dem sich noch ein paar Frühlingsrollen befanden, in ihre Richtung.

"Hier... falls du auch was willst..."

Vage deutete er auf den Fernseher.

"Ich brauchte unbedingt eine Pause... dauert nur noch ein paar Minuten..."

Nina sah auf Gregor hinunter, der, die Flasche Bier in der Hand, mit leerem Blick unverwandt auf den Bildschirm starrte.

Leise zog sich Nina zurück, sie hatte schon die Wohnungstür geöffnet, als ihr seine erschrockene Stimme nachhallte.

"Nina! Nina? Was ist los? Warum bist du immer so..."

Die letzten Worte hörte sie nicht mehr, die Tür war bereits ins Schloß gefallen.

Als Nina die Treppen zu ihrem Apartment hoch stieg, konnte sie keinen klaren Gedanken fassen. Dieser Fall mit den <Selbsttötungen> hing ihr wie ein Mühlstein um den Hals, und die Vorstellung, nur eine Figur im Spiel dieses Psychopathen zu sein, lähmte ihre ganze Lebenskraft. Und dann noch Gregor mit seiner vollkommenen Gleichgültigkeit. Aber was hatte sie erwartet? Daß Gregor sofort ahnte, daß sie reden wollte? Daß er sie umsorgte wie ein verwundetes Tier? Vielleicht war es übertrieben von ihr, einfach kehrtzumachen, er hatte schließlich auch seine Sorgen, doch Vernunft, gerade in einer solch emotional aufgeladenen Stimmung, konnte niemand von ihr erwarten.

Viel weiter kam Nina nicht mit ihren fiebrigen Überlegungen. Als sie den letzten Treppenabsatz erreichte und schon den Schlüssel in der Hand hielt, ragten plötzlich ein paar Beine in ihr Gesichtsfeld. Erschrocken fuhr sie zurück, dann sah sie, wie sich ihr Bruder vom Boden aufrappelte, er hatte seine Sporttasche dabei.

"Roland! Was machst du denn hier?"

"Tut mir leid, wenn ich dich erschreckt habe, aber ich halte es zuhause nicht mehr aus..."

"Und was heißt das?"

"Kowiak gibt mir noch ein Chance... aber das schaffe ich nur, wenn ich den Alten nicht jeden Tag sehe..."

"Das heißt, du willst bei mir schlafen?"

Nina rang mit sich. Wie sollte *sie* durchhalten, wenn sie jetzt auch noch ihren Bruder auf dem Hals hatte? Sie hatte lange genug die Mutter für ihn gespielt.

Roland spürte ihre Zweifel und fuhr hastig fort.

"Nur für ein paar Tage... über der Garage gibt es ein Zimmer, das will Kowiak mir geben, aber es muß noch leergeräumt werden..."

In den Augen ihres Bruders funkelte eine Entschlossenheit, die Nina lange an ihm vermißt hatte. Entschieden stieß sie den Schlüssel ins Schloß.

"Also gut, aber mach bitte keinen Krach, ich brauche dringend meinen Schlaf..."

5

Im Morddezernat herrschten Hektik und Nervosität. Auch wenn es keiner zugab, war mehr oder weniger jeder von dem Ohnmachtsgefühl infiziert, das ein Serienkiller auslöst, der den nächsten Mord ankündigt, bei minimalsten Aussichten, ihn daran hindern zu können. Zudem berichteten mittlerweile fast sämtliche Medien in verstiegenen Verschwörungstheorien von den <Selbsttötungen> und ließen kein gutes Haar an der Arbeit der Polizei.

Während an den Computern mit Hochdruck nach allen jungen Männern im Alter von Thomas Marin gesucht wurde, die sich in den letzten fünf Jahren in der Stadt und im Umkreis niedergelassen hatten, berief Zirner ein Meeting für seine Kommissare und Zivilfahnder ein. Allen war klar, daß es hier nur um blinden Aktionismus gehen konnte, denn aus den hunderten Namen aus dem Melderegister ließ sich in der kurzen Zeit kaum eine begrenzte Zahl von Verdächtigen herausfiltern, die man überwachen und deren DNA man mit der von Thomas Marin abgleichen konnte, dennoch hoffte insgeheim jeder auf einen Treffer.

Zirners Plan sah vor, daß am nächsten Tag, dem 9. des Monats, jede verfügbare Mitarbeiterin und jeder verfügbare Mitarbeiter einzeln im Auto in der Stadt unterwegs sein sollte, jede und jeder in einem bestimmten Planquadrat und alle untereinander und mit der Zentrale per Funk verbunden, sodaß sich sofort ein dichtes Fahndungsnetz zusammenziehen würde, falls jemand irgend etwas Verdächtiges beobachtete. Zusätzliche Unterstützung sollten sie von sämtlichen Streifenbeamten bekommen, die man noch extra instruieren würde.

Nina und Balkenhausen sahen sich an. Was Zirner hier anordnete, war sicher nicht falsch, doch solange sie nicht wußten, wem der nächste Anschlag galt oder einen Hinweis auf die vom Täter angenommene Identität hatten, war es die reinste Lotterie.

Nina packte ihre Sachen zusammen und stand auf.

"Ich gehe noch auf einen Sprung zu Kaufmann, vielleicht ist ihm ja noch etwas dazu eingefallen, in welche Identität Thomas Marin geschlüpft sein könnte..."

Balkenhausen hatte sich ebenfalls erhoben und hielt verdutzt inne.

"Du gehst allein!?"

Nina entging Balkenhausens Irritation nicht, doch sie versuchte lässig zu bleiben.

"Ja, warum nicht? Mir wäre es lieber, du unterstützt unsere Leute am Computer..."

Balkenhausen zögerte, dann wandte er sich zum Gehen, ohne Nina anzuschauen.

"Ganz, wie du meinst..."

Nina sah ihm nach, für einen Augenblick beschlich sie ein leises, mulmiges Gefühl, dann verließ sie entschlossen den Saal durch einen anderen Ausgang.

Kaufmann schien überrascht, daß Nina ihn zu diesem Zeitpunkt persönlich aufsuchte, und belebte sich augenblicklich.

"Ist Ihr Kollege krank?"

"Nein, er unterstützt unsere Computer-Spezialisten..."

Kaufmann hatte sich Tee gemacht und deutete auf die Kanne, die auf einem kleinen Glastisch stand.

"Auch eine Tasse?"

Nina schreckte aus ihren Gedanken hoch.

"Gerne..."

Sie hatte sich wieder in den gewaltigen Naturlandschaften verloren, die als Riesenposter an den Wänden hingen.

"Haben Sie diese Fotos selber gemacht?"

"Oh, nein, ein Freund von mir... viele Zeitschriften haben ihm schon eine Menge Geld geboten, doch er arbeitet lieber auf eigene Rechnung..."

Kaufmann holte aus dem Küchenschrank eine Tasse, schenkte für beide ein und trug die Tassen zum Computer, wo er vorher gesessen hatte. Nina setzte sich neben ihn.

"Ich versuche gerade, das Täterfeld einzugrenzen..."

"Deswegen bin ich gekommen..."

"Ein Dutzend... zwei Dutzend... drei Dutzend Verdächtige wäre schön... aber ob uns das bis morgen gelingt?"

"Und wenn er sich gar nicht angemeldet hat?"

Kaufmann schüttelte zweifelnd den Kopf.

"Unwahrscheinlich. Er braucht ein Auto, ein Telefon, eine Kreditkarte... es ist einfacher, sich eine neue Identität zu verschaffen, als im Untergrund zu leben..."

Kaufmanns Hände flogen über die Tasten.

"Sie waren doch bei seinen Eltern..."

"Die Eltern sind wie tot... und sie haben keine Ahnung..."

"Sie haben ihnen nichts gesagt?"

"Wir wollten uns nur ein Bild machen... sie gaben uns ein altes Foto von ihrem Sohn... da ist er etwa zwanzig... und in seinem Bad habe ich Haare sichergestellt..."

Kaufmann drehte sich zu Nina um und musterte sie aufmerksam mit seinen blauen Augen.

"Sind Sie sicher, daß sie von ihm sind?"

"Absolut... in seinem Zimmer haben sie nichts verändert..."

Nina suchte in ihrer Jackentasche.

"Hier, das Foto..."

Kaufmann griff danach, hielt es mit beiden Händen lange und ruhig vor die Augen und ließ es seufzend sinken.

"Was für eine Verschwendung... hier hatte er noch das ganz Leben vor sich, und jetzt ist er ein Gezeichneter... darf ich es scannen?"

"Natürlich..."

Kaufmann bediente das Gerät rasch und geschickt und gab Nina das Foto zurück.

"Die abstehenden Ohren sind möglicherweise ein Merkmal, aber das kann sich auch ausgewachsen haben..."

Nina sah auf den Bildschirm, wo das Foto jetzt stark vergrößert zu sehen war. Der finstere, intensive Blick, die verstrubbelten Haare und die große Hornbrille verliehen dem Gesicht einen rührenden, um Anerkennung buhlende Ausdruck von Ernsthaftigkeit.

"Kaum zu glauben, daß dieser Junge jetzt ein Serienkiller ist..."

"Jeder von uns kann plötzlich in den Abgrund stürzen..."

Nina nahm aus den Augenwinkeln wahr, wie Kaufmann unschlüssig über das Trackpad wischte.

"Ich glaube, ich sollte jetzt gehen, Sie kommen auch ohne meine Hilfe weiter..."

"Bleiben Sie ruhig, dann muß ich Ihnen die Ergebnisse nicht extra mailen..."

Unerklärlicherweise blieb Nina sitzen. Sie roch Kaufmanns holzig-herbes Aftershave und fühlte sich neben dem Profiler seltsam geborgen, als handelte sich alles nur um ein Spiel. Träge drehte sie sich zu ihm um, und ihre Worte kamen wie von selbst.

"Warum haben Sie eigentlich in Amerika studiert?"

Erschrocken, als hätte ihn Nina mit dieser Frage überrumpelt, sah Kaufmann sie an.

"Warum...? Ich...? Na, ja, das ist... einfach zu erklären..."

Kaufmann hatte sich wieder im Griff.

"Meine Eltern starben bei dem großen Tsunami... Sie wissen schon... 2004..."

"Das ist ja schrecklich..."

"Es traf mich völlig unerwartet... meine Mutter hat einen Bruder, der in Los Angeles lebt... er lud mich ein, bei ihm und seiner Frau zu wohnen, und sie bezahlten mein Studium..."

"Tut mir leid, ich wollte keine schmerzlichen Gefühle wecken..."

"Schon gut... ist ja auch schon lange her..."

Kaufmann lächelte wieder, und Nina stand auf.

"Morgen wird ein schlimmer Tag, ich hoffe, wir

haben Glück..."

Als Nina ihr Apartment aufschloß, war Roland schon da. Er hatte zwei Kartons mit Pizza mitgebracht und einen bereits leergegessen.

"Hier, hab' dir was zu essen mitgebracht..."

Nina betrachtete angewidert die schrumpligen Salamischeiben.

"Das ist lieb von dir, aber ich mache mir etwas Richtiges..."

Nina öffnete den Kühlschrank, doch im selben Augenblick klingelte es an der Wohnungstür.

Nina wandte sich an ihren Bruder.

"Erwartest du jemand?"

"Ich? Nein..."

Nina betätigte den Öffner, doch der Besucher stand schon vor der Wohnungstür. Sie machte auf und blickte in Gregors zornrotes Gesicht.

"Ist das jetzt die neue Masche? Ohne ein Wort einfach abzutauchen?"

Nina stellte sich in die Tür, sie hatte nicht die Absicht, ihn vorbeizulassen.

"Hör zu, Gregor, das hat nichts mit dir zu tun... dieser Fall macht mich fertig... meine Nerven sind bis zum Zerreißen gespannt... "

"Ach, ja? Geht das jetzt ewig so weiter? Du jagst

Verbrecher, und ich warte geduldig, daß du mal Zeit für mich hast?"

"Bitte, Gregor, laß uns jetzt nicht streiten..."

Von Nina unbemerkt, hatte sich Roland von hinten genähert.

Gregor erblickte ihn, und seine Wut flammte von neuem auf.

"Ach, du hast dir Unterstützung geholt... mit deinem Bruder redest du, mit mir nicht..."

Nina mußte an sich halten, um nicht ausfallend zu werden.

"Reden wir ein andermal, ich habe morgen einen schweren Tag... einverstanden?"

Gregor starrte Nina schwer atmend an, dann drehte er sich abrupt um und trampelte die Treppen hinunter.

Nina schloß die Tür und lehnte sich erschöpft dagegen, Roland kam langsam näher.

"Tut mir leid, daß ich dir Ärger mache..."

Nina stieß sich von der Tür ab und wischte ihrem Bruder spielerisch über die Haare.

"Du doch nicht... im Gegenteil, ich bin stolz auf dich..."

6

Der 9. des Monats war einer jener lauen, lichten Vorfrühlingstage, die das Endes der kalten Jahreszeit ankündigten und die Menschen in einen rauschhaften Taumel der Vorfreude versetzten. Es war windstill, und die Sonne schien beständig von einem wolkenlosen Himmel herab. Viele Passanten saßen bereits draußen in den Straßencafés und hatten keine Ahnung, daß jemand aus ihrer Stadt an diesem Tag in höchster Lebensgefahr schwebte.

Nur der gesamte Polizeiapparat stand in höchster Alarmbereitschaft, ungeachtet des traumhaften Wetters. Die Überprüfung einiger auffälliger junger Männer, die innerhalb der letzten fünf Jahre in die Stadt gezogen waren, verlief ergebnislos, und um für jeden die Daten genauer auszuwerten, waren es einfach zu viele und es fehlte die Zeit. Für kurze Erheiterung sorgte die Tatsache, daß auch Hannes Balkenhausen und Daniel Kaufmann ins Raster geraten waren.

Es ging schon gegen Abend, und es hatte sich noch nichts getan. Nervosität und Anspannung sämtlicher beteiligter Polizeibeamter wuchsen mit jeder Minute, die ohne Erfolgsmeldung verstrich, und alle fürchteten die Dunkelheit. Eine komplizierte Logistik sorgte dafür, daß alle irgendwann etwas essen oder austreten konnten, ohne daß in der Überwachung Lücken entstanden.

Auch Nina und Balkenhausen waren in ihren Autos allein unterwegs, langsam schlichen sie durch das ihnen zugeteilte Quartier und lauschten den knappen, nichtssagenden Kommentaren ihrer Kolleginnen und Kollegen, die jeder über Funk empfing.

Balkenhausen schraubte gerade seine Thermoskanne zu, trank den letzten Schluck Kaffee und drückte an seinem Funkgerät auf <Sprechen>. Aus Sicherheitsgründen sollte keiner seinen Namen nennen und auch seinen Standort nicht verraten, die Geräte waren so eingestellt, daß die Signale ausreichten, um den Kolleginnen und Kollegen beides auf den Bildschirm zu übermitteln.

"So, Leute, habe wohl zu viel Kaffee intus, der macht sich bemerkbar... ich werde mal austreten, dauert nur ein paar Minuten..."

Nina meldete sich augenblicklich, sie war am anderen Ende der Stadt.

"Das ist schon das zweite Mal... du weißt schon, das wird nicht als Dienstzeit angerechnet..."

Balkenhausen grinste und fuhr an den Straßenrand, er befand sich in einer etwas heruntergekommenen Vorstadtgegend. Er erspähte einen dunklen Durchgang zu einem Hinterhof, in dem eine Mülltonne neben der anderen stand. Niemand war zu sehen, das paßte perfekt. Er stieg aus und überquerte rasch die Straße. Kaum war er ins Dunkel des Durchgangs eingetaucht, hielt hinter seinem Dienstfahrzeug ein kleines schwarzes Auto, und der Mann im

schwarzen Jogginganzug, mit den bleichen, zurück-
gekämmten Haaren und der dunklen Hornbrille stieg
aus. In der Hand hielt er eine Luftpistole, und mit
wenigen geschmeidigen Sätzen setzte er Balkenhausen nach.

Balkenhausen hatte sich zwischen zwei Mülltonnen gestellt und nestelte am Reißverschluß seiner
Hose, als er im Nacken einen stechenden Schmerz
verspürte. Er wußte sofort, was das bedeutete, er
griff nach seiner Waffe und drehte sich um. In der
Einfahrt zum Hinterhof stand genau unter der einzigen, funzligen Lampe an diesem Ort, wie um ihn zu
verhöhnen, Thomas Marin in seiner Killerkleidung
und beobachtete ihn reglos. Balkenhausen hob mit
unmenschlicher Anstrengung die Hand, mit der er
die Waffe hielt, doch bevor er sie auf den Killer rich-
ten konnte, erschlaffte sein Arm und fiel wieder herunter. Er schwankte und sah hilflos zu, wie Marin
wie eine Katze auf ihn zugesprungen kam, und regis-
trierte, wie er auf eine überquellende Mülltonnen gehoben wurde, deren Deckel offenstand, dann blitzte
ein Skalpell in seinen Händen, die in lila Gummihandschuhen steckten, eine Stirnlampe, wie sie Ärzte
im OP trugen und die er erst jetzt bemerkte, leuchtete
auf, die Ärmel wurden aufgeschlitzt, und die scharfe
Klinge senkte sich in einem langen Schnitt tief in
seine Adern, erst am linken, dann am rechten Unterarm. Das Blut spritzte auf den Müll, auf dem Balkenhausen saß, und mit Entsetzen nahm er wahr, wie
Marins faltiges Maskengesicht ihn aufmerksam, beinahe liebevoll dabei beobachtete, wie er allmählich

das Bewußtsein verlor.

Gregor hatte keinen Nerv, auf den Aufzug zu warten, und nahm die Stufen zu Ninas Wohnung in ungeduldigen zwei Schritten. Er klingelte und hörte schon von außen wummernde, unidentifizierbare Musik. Roland öffnete die Tür, und die <slipknot> dröhnten jäh und ungefiltert in den Korridor.

"Hey, Roland... ist deine Schwester da?"

Roland kaute auf einem Brotkanten herum und musterte Gregor wie ein Insekt.

"Sie ist noch unterwegs..."

"Kannst du ihr ausrichten, sie soll mich anrufen? Ich möchte ihr sagen..."

Rolands Kaumuskeln arbeiteten weiter, und Gregor schaltete rasch um.

"Schon gut... dann schreib' ihr bitte einen Zettel, daß ich hier war... und daß es mir leidtut... machst du das?"

Roland nickte und knallte die Tür vor Gregors Nase zu.

Die dunkle, verwaiste Straße, in der Balkenhausen angehalten hatte, um seine Blase zu erleichtern, hatte sich in kürzester Zeit auf eine Weise belebt, daß man sich unversehens in einer Filmkulisse wähnte. Unzählige Einsatzfahrzeuge der Polizei, der Spurensicherung und Notfallwagen säumten die Fahrbahn auf der Seite der Straße, wo der Durchgang in den Hinterhof mit den Mülltonnen führte, die andere Seite wurde von der Straßenpolizei für den spärlichen Verkehr freigehalten.

Eine Einheit der Polizei war gerade hektisch damit beschäftigt, um die Mülltonne herum, auf der Balkenhausen starr und mit glasigem Blick gegen den hochgeklappten Deckel gelehnt saß, ein Zelt zu errichten, damit nicht jeder Hausbewohner, der plötzlich auf die Idee kam, mitten in der Nacht seinen Müll zu entsorgen, einen Blick auf ihn erhaschen oder gar Fotos machen konnte. Mona Ryser mit ihrem Team war schon mit Hochdruck an der Arbeit.

In einem Mannschaftswagen der Polizei kauerte Nina zusammengesunken auf einer Bank.

"Erst Helwig, jetzt Balkenhausen... wer meiner Partner stirbt als nächster?"

Zirner saß neben ihr und versuchte sie vergeblich aufzurichten.

"Hören Sie auf damit, sonst sind Sie verloren... es ist für uns alle unerträglich, aber wir geben nicht auf..."

Es klopfte leise an der Tür, dann trat Daniel Kaufmann ein, ging vor Nina in die Knie und faßte sie lange wortlos an beiden Händen.

"Das tut mir furchtbar leid, er hätte uns noch viel helfen können..."

Nina sah kurz auf und ließ den Kopf wieder hängen.

"Danke, daß Sie gekommen sind..."

"Falls Sie reden wollen... ich bin jederzeit für Sie da..."

Kaufmann nickte Zirner zu und mischte sich draußen unter die Polizisten.

Nina war untröstlich, sie hatte noch einen Witz gemacht, weil Balkenhausen zum zweiten Mal austreten mußte, statt ihn zu ermahnen, das Handy mitzunehmen und eingeschaltet zu lassen, da er sich außerhalb des Funkverkehrs begab. Als er so lange ausblieb und nicht mehr antwortete, hatte Zirners Plan zwar einwandfrei funktioniert, Balkenhausens Dienstfahrzeug wurde sofort geortet, innerhalb weniger Minuten waren die Kollegen da, und er hätte gerettet werden können, doch Thomas Marin hatte den Dienstwagen einen halben Kilometer entfernt in eine Seitenstraße gefahren, und obwohl alle verfügbaren Kräfte von dort aus sternförmig ausgeschwärmt waren, hatten sie Balkenhausen natürlich nicht finden können. Erst ein Hausbewohner, der spät nach Hause kam und sich über einen Müllsack ärgerte, der von einer der Tonnen heruntergefallen war und den er wieder dort

hin beförderte, hatte Balkenhausen entdeckt, aber da war es bereits zu spät.

Zirner sah besorgt auf das Häuflein Elend neben sich.

"Sie müssen nicht hierbleiben, jemand kann Sie nach Hause fahren, das wäre doch nur verständlich..."

Ein höhnisches, verzweifeltes Lachen brach aus Nina hervor.

"Das wäre ja noch schöner... mein Partner wird ermordet, und ich lasse meine Leute im Stich..."

Nina raffte sich langsam auf und stellte sich schwankend auf die Beine.

"Ich möchte Balkenhausen noch einmal sehen..."

Zirner stand auf und faßte Nina von hinten mit beiden Händen sachte an den Schultern.

"Ich weiß nicht, ob das eine..."

Nina schüttelte Zirners Hände mit einem sanften Ruck ab.

"Hätten Sie bei einem Kollegen die gleichen Bedenken? Kommen Sie, begleiten Sie mich..."

Nina und Zirner stiegen aus dem Mannschaftswagen und bahnten sich einen Weg durch ihre wild durcheinanderhetzenden Kollegen. Die Wut und die Erbitterung, die alle empfanden, waren mit Händen zu greifen.

Am Zelt vor der Mülltonne, auf der Balkenhausen immer noch saß, machte man ihnen zögernd Platz. Nina hob die Plane und trat ein. Mona, die auf einer Leiter stand und mit einer Lupe Balkenhausens Kleidung nach Spuren absuchte, fuhr herum und wollte etwas sagen, doch als sie Ninas Gesichtsausdruck bemerkte, hielt sie den Mund. Ninas Antlitz war wächsern bleich, doch in ihren Augen loderte ein Feuer, das auch der gräßliche Anblick von Balkenhausens Leiche, durch das grelle Licht der Arbeitslampen zusätzlich verzerrt, nicht auslöschen konnte.

Nina starrte lange reglos auf ihren toten Partner, dann drehte sie sich zu Zirner um.

"Wir haben die DNA von diesem Monster, es ist nur noch eine Frage der Zeit..."

Nina fuhr in ihrem Auto ziellos durch die Stadt. Erst wollte sie zu sich nach Hause, doch ihr Bruder war jetzt ganz gewiß nicht die richtige Gesellschaft, dann dachte sie daran, Gregor anzurufen, doch nach ihrem letzten Streit konnte sie nicht erwarten, übergangslos von ihm getröstet zu werden, und unvermittelt, fast automatisch, steuerte sie die Adresse von Kaufmann an.


Gregor tippte den Namen von diesem Profiler, den Nina erwähnt hatte, in seinen Laptop, notierte sich die Adresse, setzte sich in sein Auto und fuhr los. Um diese späte Stunde war kaum Verkehr, Gregor fand einen Parkplatz unweit der Hausnummer. Seit seinem Streit mit Nina hatte er gründlich über seine Beziehung zu ihr nachgedacht und festgestellt, daß sie nicht einfach nur eine Lebensabschnittspartnerin für ihn war, sondern ein Mensch, mit dem er sein Leben verbringen wollte. Er klappte seinen Laptop auf und wartete. Ein Scheinwerferlicht ließ ihn hochschrecken, und er sah, wie Nina in ihrem Auto an ihm vorbei fuhr, auf der anderen Straßenseite einparkte und nach kurzem Klingeln, als würde sie erwartet, in dem Haus verschwand, dessen Nummer er sich aufgeschrieben hatte. Gregor fuhr hoch und wollte ihr auf der Stelle folgen, doch eine gewisse Scheu, sie schon wieder mit einem theatralischen Auftritt zu verärgern, hielt ihn zurück. Außerdem wußte er, daß heute ein besonderer Tag für sie war, der <Selbstmord>Killer war wieder unterwegs, sie und der Profiler arbeiteten eng zusammen. Was für eine Blamage, falls sie ihn wirklich nur dienstlich aufsuchte! Gregor versuchte sich diese harmlose Variante einzureden, schaltete seinen Laptop aus, ließ den Motor an und raste in viel zu hohem Tempo nach Hause.


Kaufmann war noch wach und schien kaum überrascht, daß Nina plötzlich bei ihm auftauchte. Er machte ihr einen Tee, und lange sprachen sie kein Wort. Sie saßen nebeneinander auf der Couch, und Kaufmann wartete, bis Nina etwas sagte. Sie wandte sich ihm zu, sah in seine blauen, aufmerksamen Augen und wollte sich von allem erleichtern, was sie bedrückte, doch wie in Trance schob sich ihr Gesicht immer näher an seins heran, ihre Lippen trafen aufeinander, und im nächsten Augenblick löste sich ihre Spannung in einem leidenschaftlichen Kuß. Kaufmann schlang seine Arme um sie, erwiderte ungestüm ihren Kuß, hob sie unerwartet hoch, trug sie ins

Schlafzimmer hinüber und warf sie aufs Bett. Sie rissen sich gegenseitig die Kleider vom Leib und verschmolzen in einer glühenden, unauflöslichen Umarmung.

7

Die Morgendämmerung war schon angebrochen, als Nina erwachte. Sie brauchte eine Weile, um zu kapieren, wo sie sich befand. Ein Blick auf den tief und geräuschlos neben ihr schlafenden Daniel Kaufmann brachte ihr die Erinnerung zurück. Sie war überrascht, daß ihr diese Situation nicht peinlich war, im Gegenteil, sie konnte sich nicht erinnern, wann sie sich das letzte Mal so vorbehaltlos hatte gehenlassen und danach in einen derart erholsamen Schlaf gefallen war. Mit aller Macht kehrten jetzt auch die Bilder des nächtlichen Tatorts zurück, der schreckliche Anblick des ausgebluteten Kollegen, wie er wie ein geschändeter Buddha auf der Mülltonne saß, doch diese Bilder hatten keine Gewalt mehr über sie, sie spürte eine Zuversicht und eine Kraft, dieses Monster endlich zu fangen, auch wenn sie im Widerspruch standen zum aktuellen Ermittlungsstand. Nina schob sich vorsichtig aus dem Bett, sie wollte Kaufmann nicht aufwecken, denn was sie jetzt nicht brauchte, war eine langwierige Nachbereitung ihres gemeinsamen nächtlichen Exzesses, das hatte bis später Zeit, sie wollte sofort weitermachen. Lautlos sammelte sie ihre Kleidungsstücke ein und zog sich rasch im Wohnzimmer an, dann schlüpfte sie unbemerkt aus der Wohnung.

Gregor wurde von der Türklingel aus dem Tiefschlaf gerissen. Gestern nacht war er sehr spät zu

Bett gegangen und erst kurz vor Morgengrauen ein-
geschlafen, sein Zerwürfnis mit Nina hatte ihm keine
Ruhe gelassen. Mit klopfendem Herzen richtete er
sich auf und hoffte einen Augenblick, daß sie es sei,
als sich das Klingeln wiederholte. Er warf seinen Ba-
demantel über und öffnete erwartungsvoll die Tür.

Roland stand im Flur und wich ein wenig zurück.

" 'tschuldigung daß ich dich geweckt habe... kann
ich mit meiner Schwester sprechen?"

Aus dem Flur drang kühle Luft in die Wohnung,
und Gregor wickelte sich enger in seinen Bademan-
tel.

"Bei mir ist sie nicht... sie war gestern nacht lange
im Einsatz..."

Roland merkte, daß er einen Fehler begangen hatte.

"Oh... ich wollte ihr nur sagen, daß ich ab morgen
mein eigenes Zimmer habe, ich werde also nur noch
einmal bei ihr übernachten..."

Gregor starrte Roland böse an, als sei er schuld
daran, daß seine Schwester bei Kaufmann übernach-
tete hatte und seine schlimmste Befürchtung wahr
geworden war.

"Ich sag's ihr, falls sie sich bei mir meldet..."

Roland machte unsicher ein paar Schritte von der
Tür weg.

"Okay, ich rufe sie am besten selber an..."

Roland drehte sich um und rannte rasch die Treppen hinunter. Gregor sah ihm mit finsterer Miene nach und knallte heftig die Wohnugstür zu.

Nina war froh, daß ihr Bruder schon zur Arbeit gegangen war, so konnte sie in aller Ruhe zu Hause duschen und ihre Kleider wechseln. Es entging ihr nicht, daß im Wohnzimmer überall Krümel am Boden lagen und in der Küche das gebrauchte Geschirr im Ausguß stand, doch die Freude überwog, daß Roland offenbar die Kurve gekratzt hatte. Auf dem Weg zu ihrem Auto kaufte sie eine Zeitung an einem der Ständer, und die Schlagzeile sprang sie an: "<Selbstmord>Killer: DNA offenbar geknackt". Von der Ermordung eines Kriminalbeamten dagegen kein Wort. Zirner hatte gestern nacht diese Nachricht vermutlich noch an die Presse gegeben, in der Hoffnung, Thomas Marin damit in die Enge zu treiben. Keiner konnte wissen, ob er vom Raster erfaßt war, doch die mühselige Überprüfung aller junger Männer, die in den letzten fünf Jahren in die Stadt und ins Umland gezogen waren, war derzeit ihre einzige Chance. Nina stieg in ihr Auto und fuhr los.

Das Morddezernat schien wie leergefegt, alle verfügbaren Beamten waren unterwegs, um Speichelproben von all den jungen Männern einzusammeln, die im Raster erfaßt worden waren.

Zirner hatte Nina schon erwartet und fing sie ab,

bevor sie ihr Büro betreten konnte.

"Nina... da sind Sie ja... geht's Ihnen gut?"

"Mir ging's nie besser..."

Zirner musterte sie zerstreut.

"Ihre Bemerkung gestern wegen der DNA habe ich an die Presse weitergegeben... wer sich jetzt dem Test verweigert, macht sich verdächtig... wir haben nur noch etwa fünfzig Personen..."

Auch wenn Nina hellwach war, mußte sie gewaltsam die letzte Nacht ausblenden, um Zirner zu folgen.

"Was ist, wenn Marin einfach abhaut?"

"Dann wissen wir erst recht, wer das Monster ist..."

Nina sah Zirner zweifelnd an.

"Ich schaue mal, wie weit sie sind, dann gehe ich zu Kaufmann..."

Als Nina gegen Mittag bei Kaufmann auftauchte, war sie erleichtert, daß er sie nur auf besondere Weise anlächelte wegen gestern nacht, ohne etwas zu sagen. Sie küßten sich stürmisch, wie zur Beschwörung ihrer neuen Verbundenheit, dann waren sie wieder Jäger. Sie setzten sich an Kaufmanns Computer, und er wischte mit den Fingern über sein Trackpad.

"Ich weiß nicht, ob es gut war, das mit der DNA

öffentlich zu machen..."

"Warum?"

"Thomas Marin hat vor dem Tod seiner Freundin einen Kredit für einen Wohnungskauf beantragt... sie wollten ja heiraten... nach ihrem Tod einen zweiten... wie es scheint, mit falschen Papieren... insgesamt hat er fast 700.000 Euro kassiert, auf eine Bank in Peru transferiert, dort in bar abgehoben, dann verlieren sich die Spuren..."

Nina faßte nach Kaufmanns Hand.

"Das heißt, er hat genug Geld, um mit einer neuen Identität einfach zu verschwinden..."

Kaufmann hauchte einen Kuß auf Ninas Hand.

"Das ist zu befürchten..."

"Egal, was er tut, wir werden ihn kriegen..."

Sie sahen sich an und versanken erneut in einer Umarmung wie in der Nacht zuvor.


Es dunkelte bereits, als der Paketbote die Treppe hinunter zu einer Kellerwohnung eilte und hoffte, daß der Adressat zu Hause war, er hatte schon eine halbe Stunde Rückstand. Er klingelte, ohne Reaktion, und sah, daß die Tür nur angelehnt war. Er klopfte, schob sie vorsichtig auf und rief nach dem Namen, der auf der Adresse stand, Markus Reimer. Niemand antwortete. Er ging ein paar Schritte in die Wohnung hinein, die nur aus einem Zimmer bestand, und erstarrte. Vor einem großen Arbeitstisch, auf dem sich mehrere Laptops stapelten, saß ein Mann zusammengesackt auf einem drehbaren Bürosessel, geronnenes Blut um ein Loch an der Schläfe, unter dem rechten Arm, der leblos herunterhing, lag eine Pistole, auf ihr und darum herum ein paar Tropfen Blut. Der Bote stellte das Paket ab, nestelte hysterisch nach seinem Telefon, rannte aus der Wohnung und wählte die Notrufnummer der Polizei.

Als Nina bei der Kellerwohnung eintraf, in der man einen gewissen Markus Reimer mit einem Kopfschuß vorgefunden hatte, war die Straße davor komplett von einem Riesenaufgebot der Polizei abgeriegelt. Zirner stürmte auf sie zu, als sie die Treppen hinunter stieg, trunken vor Begeisterung.

"Wir haben ihn! Der Dreckskerl war auf unserer Liste, ein paar Stunden früher, und wir hätten ihn lebend!"

"Woher kam er? Seit wann ist er hier?"

"London... das prüfen wir alles nach... seit fünf Jahren arbeitete er auf eigene Rechnung als Computer-Doktor..."

"Da konnte er seine Zeit einteilen und hatte nicht viel mit Menschen zu tun..."

Zirner klopfte Nina ungeduldig auf den Rücken.

"Kümmern Sie sich um alles, ich werde im Präsidium erwartet..."

Zirner rannte weiter nach oben, und Nina betrat die Kellerwohnung, in der die Leute von der Spurensicherung emsig wie Ameisen durcheinander liefen. Mona Ryser sah sie hereinkommen, ging mit einem durchsichtigen, luftdicht verschlossenen Plastiksack auf sie zu und hob ihn ihr vor die Augen. Ein schwarzer Jogginganzug, eine Maske mit bleichen, blonden Haaren und eine Hornbrille befanden sich darin. Die Augen in Monas rundem Gesicht blitzten triumphierend.

"Man soll ja nichts verschreien, aber das dürfte es gewesen sein... eine Blutprobe ist zur Untersuchung unterwegs..."

Nina nickte Mona mit einem zaghaften Lächeln zu.

"Seltsam... da hat er uns alle in den Wahnsinn getrieben, und auf einmal ist er tot... habt ihr ihn schon bewegt?"

"Nein, wir haben auf dich gewartet..."

Nina faßte Mona sachte am Arm.

"Komm, ich möchte ihn sehen... und du sagst mir alles, was ihr schon wißt..."

Nina stellte sich nahe genug vor den Toten im Bürosessel, um ihn genau betrachten zu können, und achtete gleichzeitig darauf, keine Spuren zu verwischen. Der Kopf hing schief nach rechts, auf dieser Seite hatte er sich in den Kopf geschossen. Die blauen Augen hinter der starken, randlosen Brille waren glasig, der Gesichtsausdruck friedlich und entspannt,

als sei er froh, dem ganzen Schlamassel, den er angerichtet hatte, entronnen zu sein. Er sah dem jungen
Thomas Marin verblüffend ähnlich mit den blonden
struppigen Haaren und den Ohren, die noch immer
auffällig vom Kopf abstanden.

Nina starrte lange auf diesen toten, jungen Mann,
und ein leises Gefühl des Unbehagens beschlich sie.
Wie war es möglich, nach all diesem Blutdurst, diesen sadistischen, akribischen <Selbstmord>Inszenie-
rungen einfach so sang- und klanglos abzutreten, wo
er doch elegant hätte verschwinden können und seinen perversen Ruhm genießen?

Nina wandte sich zu Mona um.

"Wann ist es passiert?"

"Irgendwann heute vormittag..."

"Bist du ganz sicher, daß er sich selbst erschossen
hat?"

Mona war zu lange im Geschäft, um diese Frage
als Zweifel an ihrer Arbeit zu verstehen.

"Nach dem, was wir jetzt wissen, ja... es gibt
Schmauchspuren an seiner rechten Hand, die Pistole
liegt dort, wo es zu erwarten war, Blut tropfte darauf
und auf den Boden... und dann haben wir doch sein
Kostüm... warum zweifelst du?"

Nina schüttelte unglücklich den Kopf.

"Paßt dieser Abgang zu einem Menschen, der in
rasender Wut acht Menschen umbringt, deren Todes-

daten, umgewandelt in einen Buchstabencode, eine Anspielung auf die Apokalypse ergeben?"

Mona sah Nina prüfend an.

"Ich weiß, was du meinst... aber ich muß mich an die Fakten halten..."

Nina seufzte und faßte Mona liebevoll an der Schulter.

"Ruf mich sofort an, wenn du die Laborberichte hast..."

Mona entspannte sich wieder.

"Klar, mach' ich..."

Nina drehte sich um und floh beinahe aus der Wohnung.

Draußen war die Polizei zunehmend damit beschäftigt, Gaffer fernzuhalten. Nina hob das Plastikband an der Absperrung hoch, um zu ihrem Auto zu gelangen, und sah sich unvermittelt Gregor gegenüber. Flehend, beinahe demütig sah er sie an.

"Hey, Nina, alles okay?"

"Gregor... was machst du hier?"

"Na, was wohl... ich wollte dich sehen..."

Gregor starrte Nina unverwandt an, und es berührte sie, wie er sich mühsam beherrschte, sie nicht mit beiden Händen zu packen und an sich zu reißen.

"Das ist jetzt aber ganz ungünstig..."

"Gehst du wieder... zu ihm?"

Nina versteifte sich augenblicklich. Woher wußte er das?

"Der Fall ist noch nicht abgeschlossen, wir haben noch einiges zu besprechen..."

Sie drückte leicht Gregors Arm.

"Ich melde mich..."

"Bitte, tu's bald..."

Abrupt wandte sich Nina ab und drängte die Gaffer auseinander, sie fühlte sich, als würde sie in einem reißenden Bach aufwärts waten.


Daniel Kaufmann hatte sich *vitello tonnato* und andere italienische Vorspeisen kommen lassen und aß mit gutem Appetit, als Nina bei ihm klingelte. Er öffnete ihr die Tür und führte sie zum Couchtisch, wo er alles ausgebreitet hatte.

"Willst du auch etwas? Es ist noch genügend da..."

Müde ließ sich Nina neben ihm aufs Sofa fallen.

"Nein danke, ich habe keinen Hunger..."

Kaufmann drehte sich erstaunt zu ihr um.

"Das Monster ist tot – und du bist deprimiert?"

"Das ist es ja... warum hat er sich umgebracht? Er hatte es auf ein Katz- und Mausspiel mit der Polizei angelegt und gewonnen... wieso hat er dann nicht mit einer neuen Identität das Weite gesucht?"

Kaufmann wischte seine Hände an einer Serviette ab und lehnte sich zurück.

"Weil du von einer falschen Prämisse ausgehst..."

"Und die wäre...?"

"Du gehst davon aus, daß sein verquerer Durst nach Rache sein Antrieb war..."

"Was sonst?"

"Du vergißt, daß seine Mordgelüste nur seine nach außen gestülpten Schuldgefühle waren... er muß seine Frau abgöttisch geliebt haben, und dann stirbt sie, weil er ihre Sepsis nicht erkennt... er, der sich zum Arzt berufen fühlte..."

Nina sah Kaufmann überrascht an.

"Du hältst ihn für ein menschliches Wesen?"

"Das war er, bevor seine Frau starb... und jetzt, wo seine sinnlose Mission erfüllt ist, die nur für eine Weile seinen Schmerz betäubte, aber seine Frau nicht wieder lebendig machte, spürte er schlagartig die Leere... nichts hielt ihn mehr im Leben, und ins Gefängnis wollte er nicht..."

Kaufmann trank einen Schluck Wasser und lehnte sich erschöpft zurück.

"Ich finde keine andere Erklärung..."

Nina hing seinen Worten nach. Wie immer, wenn

Daniel Kaufmann mit seiner melodiösen, einschmei-
chelnden Stimme sprach, egal, was er sagte, verfiel
sie in eine Art Trance, wie beim Anblick der Fotos
an den Wänden, ein Gefühl, als ob alles in Ordnung
sei und sie sich um nichts Sorgen zu machen brauchte. In diese Stille klingelte ihr Telefon. Es war Mona,
und Nina beugte sich gespannt vor.

"Mona! Warte, ich bin bei Daniel Kaufmann, ich
stelle mal laut..."

*"Okay, wir haben noch nicht alle Tests gemacht,
aber die Grunddaten sind eindeutig... das Blut an
der Schläfe weist dieselbe DNA auf wie die Haare
von Thomas Marin... auch sämtliche Proben vom
Jogginganzug, der Maske und der Hornbrille sind
identisch..."*

"Hinweise auf einen Kampf?"

*"Keine Hämatome an der Leiche... andere Spuren
untersuchen wir noch..."*

"Die Pistole? Ist sie registriert?"

*"Eine Beretta Automatik... läßt sich nicht zurück-
verfolgen..."*

"Was ist mit dem Gift, mit dem er seine Opfer betäubte?"

*"Du bist gut, wir haben alle nur zwei Hände..."*

"Vielen Dank, Mona, wir sehen uns morgen..."

Nina schaltete ihr Telefon aus, und Kaufmann lächelte ihr verhalten zu.

"Jetzt freu' dich doch ein bißchen, es ist dein Erfolg... der Killer ist tot, ohne die DNA hätten wir ihn nicht unter Druck setzen können..."

Nina sah Kaufmann immer noch zweifelnd an, doch ihre Züge entspannten sich.

"Wahrscheinlich hast du recht... wie gerne hätte ich ihm Handschellen angelegt..."

Sie legte ihr Telefon beiseite und sah sich auf dem Tisch um.

"So, und jetzt habe ich Hunger..."

"Augenblick..."

Kaufmann glitt geschmeidig zur Küchenzeile und kam mit einem Teller und Besteck zurück.

"Ich habe auch einen schönen Wein..."

"Nein, kein Alkohol, ich brauche einen klaren Kopf..."

Nina suchte sich ihr Essen zusammen und legte es auf ihren Teller.

"Ich habe dich noch gar nicht gefragt, was das R. In deinem Namen bedeutet..."

"Oh, das... Reuben... mein Onkel in L.A. heißt so... meine Mutter und er waren sehr eng verbunden..."

"Daniel Reuben Kaufmann... DR. Kaufmann... klingt doch gut..."

Kaufmann lächelte geschmeichelt.

"Ich habe in der Tat vor, den Doktortitel noch zu machen..."

Dann wurde er plötzlich melancholisch.

"Bleibst du heute nacht hier? Ich würde es mir sehr wünschen..."

Nina sah überrascht hoch, so bedürftig hatte sie Kaufmann noch nie erlebt.

"Sicher, sonst wäre ich doch nicht hier..."

# 8

Kurz bevor die Morgendämmerung einsetzte, wachte Nina endgültig auf. Sie hatte unruhig geschlafen und wirr geträumt, all das Blut und die Toten hatten sie wellenförmig in immer neuen Bildern heimgesucht. Kaufmann und sie waren früh schlafengegangen und hatten sich wieder geliebt, doch diesmal war es anders als bei den ersten beiden Malen, der Rausch blieb aus, es war, als seien sie in einer nebligen, märchenhaft-verschwiegenen Winterlandschaft unterwegs gewesen, und in der aufgehenden, grellen Sonne zeigten sich auf einmal die kahlen, trostlosen Bäume. Kaufmann hatte sich um sie bemüht bis zur Selbstaufgabe, doch das hatte sie eher gestört. War es diese atavistische Erregung gewesen bei der Jagd auf diesen bestialischen Killer, die sie zusammengetrieben hatte? War deshalb jetzt plötzlich diese Nüchternheit da?

Nina stieg leise aus dem Bett, sammelte ihre Kleidungsstücke ein, ging ins Wohnzimmer und zog sich hastig an, auch ihre Waffe schnallte sie automatisch um. Sie wollte an den Computer, um nachzusehen, was ihre Leute bisher zusammengetragen hatten. Sie schaltete Kaufmanns Laptop ein und suchte nach einer Maus, sie haßte es, mit bloßen Fingern über das Trackpad zu wischen. Auf dem Schreibtisch fand sie keine und suchte in den Schubladen, die sie geräuschlos öffnete und schloß. Sie wollte schon aufgeben, als sie in der untersten Schublade auf ein zerfleddertes Notizbuch mit braunem Ledereinband stieß. Das Herz blieb ihr beinahe stehen, sie hielt die alte Kladde ihres ermordeten Partners Walter Helwig in den Händen! Nina blätterte hastig darin herum und schlug sie ganz hinten auf. Dort stand als letzte Eintragung in nachlässig hingekritzelter, schwer leserlicher Schrift: *<War bei Kaufmann, dem Profiler, den Zirner empfohlen hat. Dieses Ami-Getue gefällt mir nicht, er kocht auch nur mit Wasser. Zirner kann mich mal>.* Nina starrte auf die Zeilen und erschauerte, wie kam dieses Notizbuch hierher? Noch an seinem Todestag hatte sich Helwig darin Notizen gemacht, sie sah ihn vor sich, als sei es gestern gewesen, und sie hatten noch darüber gesprochen, er konnte es also nicht bei seinem Besuch bei Kaufmann liegengelassen haben. Die einzig mögliche Schlußfolgerung nahm ihr den Atem, und sie mußte würgen.

In der ersten Helligkeit der Morgendämmerung, von Nina unbemerkt, war Kaufmann, ebenfalls bereits angekleidet, ins Wohnzimmer getreten und beobachtete Nina wie ein Jäger, beide Hände auf dem Rücken.

"Helwig hat mich abgelehnt, das habe ich sofort gespürt... aber ich wollte unbedingt dabei sein..."

Nina legte das Notizbuch auf den Schreibtisch, verlagerte ihr Gewicht und bereitete sich darauf vor, ihre Waffe zu ziehen.

"Helwig hat noch an seinem Todestag Notizen gemacht, wie kommt also sein Notizbuch hierher?"

Kaufmann lehnte sich an den Türrahmen und versuchte zu lächeln, doch sein Gesicht wirkte qualvoll verzerrt.

"Das weißt du doch... wie sollte ich dich sonst kennenlernen? Und du mich?"

"Helwig mußte sterben, weil er dich nicht im Team haben wollte?"

"Nicht nur er, auch Balkenhausen stand zwischen uns..."

Nina versuchte ruhig zu atmen. Was wie ein Alptraum zu verblassen schien, war mit voller Wucht von neuem auf sie herabgestürzt, und sie war dem Monster direkt in die Arme gelaufen!

"Markus Reimer ist also nicht Thomas Marin, denn Thomas Marin bist du..."

In Kaufmanns Gesicht zuckte es, er begann vor Wut zu zittern.

"Thomas Marin ist tot! Hast du Mona Ryser nicht gehört? Ich bin Daniel Reuben Kaufmann, der Mann, in den du dich verliebt hast! Und du bist jetzt meine Frau..."

Nina versuchte, die gespenstische Unwirklichkeit seiner Worte von sich fernzuhalten, doch jedes einzelne traf sie wie ein Pfeil.

"Willst du damit sagen, ich habe von Anfang an alles gewußt und nur darauf gewartet, mit dem Serienkiller Thomas Marin ein neues Leben anzufangen?"

Kaufmanns Wut war verflogen, er schüttelte den Kopf, als hätte er es mit einem begriffsstutzigen Kind zu tun.

"Es macht mich so traurig, daß du es nicht begreifst..."

"Dann erklär's mir..."

"Thomas Marin hat Felisia gerächt, jetzt ist er tot... und Daniel Reuben Kaufmann kann leben... mit dir... wir werden heiraten..."

Nina griff ansatzlos zu ihrer Waffe, doch Kaufmann kam ihr zuvor. Seine rechte Hand mit der Luftpistole schnellte vor, und der Pfeil saß in Ninas Flanke, bevor sie ihre Waffe aus dem Holster ziehen konnte. Nina wankte und sah Kaufmann gebückt auf sich zuschleichen. Er faßte sie an beiden Armen und ließ sie sanft zu Boden gleiten, seine Augen blickten kummervoll.

"Mein Gott, Nina, es hätte alles so schön sein können..."


Mona Ryser stieg mißgelaunt aus ihrem Auto und sah von weitem, daß in ihrem Labor Licht brannte. Sie stieß die Tür auf und sah ihre ehrgeizige Assistentin Keyra gebannt vor einem Mikroskop hocken. Keyra schreckte hoch, als sie die Tür aufgehen hörte und ihre Chefin eintreten sah.

"Keyra? Was machst du hier? Es ist doch erst halb sieben..."

Keyra war eine schmale junge Frau mit großen, dunklen Augen.

"Großes Problem... Das Blut an der Schläfe stimmt mit Thomas Marins DNA überein... doch einige Blutstropfen auf der Pistole und am Boden haben eine ganze andere Struktur..."

Mona, die selber früh aufgestanden war, um einige Unklarheiten zu überprüfen, konnte Keyra nicht folgen.

"Ja, und? Was willst du damit sagen?"

Keyra schob sich in ihrem Bürosessel zurück und plusterte sich auf.

"Ich habe der Leiche eine Blutprobe vom Arm entnommen... sie stimmt nicht mit dem Blut von der Schläfe überein, aber mit einigen Blutstropfen am Boden und auf der Pistole..."

"Was noch?"

"Auf dem Gesicht des Opfers finden sich Spuren von Chloroform..."

Mona starrte Keyra entgeistert an.

"Sag mir, was du vermutest..."

"Das Opfer wurde chloroformiert, der Täter hat ihm die Pistole in die Hand gedrückt und den Abzugshahn betätigt... dann hat er gewartet, bis das Blut geronnen ist, er hat es abgewischt und sein eigenes Blut darüber geschmiert..."

Mona griff nach ihrem Telefon.

"Keyra, ruf' Zirner privat an, er muß sofort kommen... sag' ihm, Markus Reimer ist nicht Thomas Marin, der Killer hat ihn umgebracht, um seinen Selbstmord vorzutäuschen, er ist noch am Leben... ich versuche, Nina Brandner zu erreichen..."

Gregor saß verkrampft und übermüdet in seinem Auto, das er gegenüber dem Haus geparkt hatte, in dem sich das Wohnbüro von Kaufmann befand. Seit zwei Stunden schon verfolgte er erfolglos jede Bewegung, die er um den Hauseingang und die Tiefgarage herum wahrnahm, und hätte um ein Haar das schwarze, kleine Auto übersehen, das aus der Tiefgarage kam und vorsichtig über den Bürgersteig fuhr, bevor es an ihm vorbei in Richtung Innenstadt beschleunigte. Reflexhaft versuchte Gregor über die Beifahrerseite ins Innere zu sehen und zuckte zusammen, als er hinter der geschlossenen Scheibe Ninas fahles Gesicht erkannte, das leblos gegen die Kopfstütze lehnte. Er startete überhastet den Motor und hätte ihn beinahe abgewürgt, als er zu viel Gas gab, dann reihte er sich in den Verkehr ein und folgte dem Wagen.

Daniel Kaufmann steuerte sein Auto ruhig durch den allmählich anschwellenden Berufsverkehr und warf ab und zu einen besorgten Blick auf Nina, die reglos im Beifahrersitz hing, das Gesicht mit den offenen Augen ihm halb zugewandt. Ihr Ausdruck schwankte zwischen unbändiger Wut und Fassungslosigkeit. Kaufmann schüttelte den Kopf und seufzte.

"So eine Verschwendung... was hätten wir nicht alles erreichen können... aber wir haben ja noch Zeit... es liegt ganz bei dir..."

Nina versuchte innerlich abzuschalten, damit das Grauen ihrer Ohnmacht sie nicht überwältigte, doch dieser Alptraum, den sie im Wachzustand durchlebte, zermürbte sie mit jedem Herzschlag mehr. Ihr Telefon klingelte, und Kaufmann drehte sich mit einem Ruck zu ihr um. Wie die Augen eines Raubvogels tasteten seine Blicke ihre Kleidung ab, dann griff er in ihre Jackentasche und holte ihr Telefon heraus. Er schaltete es aus und ließ es achtlos aus dem Fenster fallen.

Mona eilte durch die ausgestorbenen Flure des Morddezernats und wählte erneut Ninas Nummer, doch diesmal war das Telefon abgeschaltet. In aufsteigender Panik betrachtete sie ihr Telefon und fing an zu rennen.

Zirner war wie meistens schon eine Stunde vor Dienstbeginn in seinem Büro, so konnte er Vorgänge abarbeiten, ohne ständig gestört zu werden. Die Tür flog auf und Mona stürzte zu ihm herein.

"Gottseidank, Sie sind schon hier... hat Keyra Sie erreicht?"

"Ja, sie hat mir alles gesagt... ich lasse gerade prüfen, ob es irgendwelche Schlupfwinkel gibt, die Marin möglicherweise aufsuchen könnte..."

"Nina geht nicht ans Telefon, beim zweiten Anruf war es abgeschaltet..."

Zirner und Mona starrten sich in düsterer Vorahnung an.

"Wir lassen ihr Telefon orten... beten wir, daß dieser Teufel sie nicht in seiner Gewalt hat..."

Es klopfte an die Tür, und ein junger Computerfachmann trat mit ein paar ausgedruckten Blättern ein.

"Das könnte Sie interessieren... die Eltern von Marin haben eine Parzelle in einem Schrebergarten gepachtet..."

Zirner sprang auf und packte Nina am Arm.

"Kommen Sie, da fahren wir hin, ich nehme zwei Leute vom Pikettdienst mit..."


Gregor beobachtete, wie Kaufmann auf den Parkplatz eines Schrebergartens fuhr, Nina vom Beifahrersitz zerrte und auf beiden Armen zu einer der Parzellen trug. Über der Tür des verwitterten Gartenhauses suchte er nach dem Schlüssel, öffnete und verschwand mit ihr im Inneren. Gregor stieg aus seinem Auto, steif und ungelenk nach der langen Warterei und folgte den beiden, immer nach Deckung suchend. Er schlich geduckt um das Häuschen herum, es kam ihm seltsam vor, daß er keine Geräusche hörte, dann nahm er seinen ganzen Mut zusammen und riß die Eingangstür auf. Er stand mitten in der Helligkeit der Tür, ohne vom Inneren etwas zu erkennen, und bevor er einen Schritt nach vorne machte, traf ihn der Pfeil in die Brust.

Zirner saß mit Mona hinten im Auto, das mit Blaulicht und Sirene durch den Verkehr pflügte, und koordinierte den Einsatz, vorne saßen die beiden jungen Kriminalbeamten. Außer ihnen waren noch drei Streifenwagen zum Schrebergarten unterwegs.

"Pegasus 1 an Pegasus 7, 11 und 23... das Gartenhaus großräumig umstellen... wir gehen rein, sobald wir dort sind... der Täter hat vermutlich nicht nur Nina Brandner in seiner Gewalt, sondern auch ihren Freund, Gregor Hansen... "

Zirner und Mona sahen sich an, die schier unerträgliche Anspannung stand ihnen ins Gesicht geschrieben. Der Fahrer sah kurz in den Rückspiegel und beschleunigte.

Nina und Gregor waren beide auf eine Weise an eine Bank gefesselt, daß die Unterarme freilagen, beide hatten Knebel im Mund. Ninas Lähmung war bereits im Abklingen, während Gregor noch vollkommen bewegungsunfähig war, die Ärmel seiner Jacke waren hochgeschoben.

Kaufmann ging vor den beiden in die Hocke und sah Nina in die Augen.

"Ich gebe dir jetzt eine letzte Chance, sonst wirst

auch du dein schönes warmes Blut verströmen und in die Schwärze des Nichts hinübergleiten... gehst du mit mir weg und fängst mit mir ein neues Leben an?"

Kaufmann löste rasch den Knebel in Ninas Mund. Nina, in deren Augen sich das nackte Entsetzen spiegelte, kämpfte noch immer dagegen an, das Unausweichliche als Tatsche zu akzeptieren.

"Wenn du Gregor gehen läßt, komme ich mit dir mit..."

Kaufmann lächelte traurig und stopfte ihr den Knebel wieder in den Mund.

"Glaubst du im Ernst, dein Freund wird den Mund halten? Vielleicht ist es ja ein Trost, daß sich euer Blut im Tod miteinander vereinigt..."

Kaufmann wandte sich um, streifte sich lila Gummihandschuhe über und prüfte das Skalpell, das er auf einem Tisch abgelegt hatte.


Ein Streifenwagen war schon da, als Zirner auf dem Parkplatz eintraf. Zirner hetzte mit den jungen Zivilbeamten geduckt auf das Gartenhaus zu, während die Streifenpolizisten in der Nähe Stellung bezogen, Mona folgte in einigem Abstand.

Vor der dem Haus stellten sich die jungen Beamten mit gezogenen Waffen links und rechts neben der Tür auf, Zirner, ebenfalls die Waffe in der Hand, nickte ihnen zu, dann trat er mit einem gewaltigen Fußtritt die Tür ein, die krachend an die Innenwand flog. Die Zivilbeamten drangen sofort ein, gefolgt von Zirner. Undeutlich sah er eine Gestalt mit dem Rücken zu ihm vor Nina und ihrem Freund kauern.

"Aufstehen! Umdrehen! Hände über den Kopf!"

Kaufmann zögerte, dann erhob er sich langsam und drehte sich um, das Skalpell noch in der Hand, von dem sich ein Tropfen Blut löste, sein Gesicht war wutverzerrt.

Zirner starrte Kaufmann entgeistert an.

"Kaufmann! Sie?"

Kaufmann ließ das Skalpell fallen und griff in den Hosenbund, wo Ninas Dienstpistole steckte. Die jungen Beamten schossen sofort, auch Zirner drückte zweimal ab. Die Kugeln drangen in Kaufmann ein, bevor er die Pistole entsichert hatte, und rissen ihn um; er war tot, bevor er auf dem Boden aufschlug. Die beiden Zivilbeamten vergewisserten sich, daß Kaufmann auch wirklich kampfunfähig war, und während Zirner sich um Nina kümmerte und ihre Fesseln löste, schlüpfte Mona herein und band Gregors Unterarm ab, in den das Skalpell bereits tief hinein geschnitten hatte.

Nina, von ihren Fesseln befreit, verfiel in Zirners Armen in ein jammervolles, haltloses Schluchzen. Draußen näherten sich die Streifenpolizisten, die inzwischen alle eingetroffen waren, und warteten vor dem Gartenhaus. Die beiden Zivilbeamten kamen heraus und machten ihnen ein Zeichen, daß alles in Ordnung war.

Nina, Mona Ryser und Gregor Hansen saßen in Zirners Büro. Sie hatten sich alle frischgemacht, die Kleider gewechselt und eine Kleinigkeit gegessen, Zirner selbst hatte sich keine Ruhe gegönnt.

"Eins können wir jetzt mit Gewißheit sagen, diese Ausgeburt der Hölle ist definitiv tot..."

Zirner fuhr sich mit dem Handrücken über die Augen und sah in seine Akte.

"Wir wissen inzwischen, daß Thomas Marin mit falschen Papieren als Daniel Reuben Kaufmann aus Peru in die Staaten eingereist ist... wie er das angestellt hat, ist noch ein Rätsel... sein Studium ist echt, auch seine Arbeit beim LAPD..."

Er blätterte eine Seite um.

"Er hat sich seine Kurzsichtigkeit weglasern lassen, und seine Segelohren wurden begradigt..."

Mona ließ sich vernehmen.

"Die Operationsnarben an seiner Kopfhaut bestätigen das..."

"...und er hat sich die Haare dunkel gefärbt..."

Das kam von Nina. Zirner sah sie an und nickte ihr zu.

"Ich würde gerne noch einmal von Ihnen hören, wie Sie Kaufmann/Marin auf die Schliche gekommen sind..."

Nina wechselte einen langen Blick mit Gregor.

"Ich war bei ihm im Büro und wollte etwas im Computer nachsehen, er war gerade in der Küche beschäftigt... ich suchte eine Maus und stöberte in den Schreibtischschubladen herum, da hielt ich plötzlich Helwigs Notizbuch in der Hand... Kaufmann überraschte mich dabei, und schon hatte ich einen Pfeil in der Seite..."

Zirner senkte den Blick auf seine Unterlagen und spielte nervös mit seinem Kugelschreiber, Nina fuhr fort.

"Helwig wollte ihn nicht im Team, das stand in dem Notizbuch... das war sein Todesurteil..."

Alle schwiegen, dann sah Zirner Nina wieder direkt an.

"Tut mir leid Nina, mein Eintreten für Kaufmann hätte Sie beinahe das Leben gekostet..."

Nina, die blaß und abgekämpft aussah, konnte beinahe schon wieder lächeln.

"Er hatte Charisma... ich hatte doch selber zugestimmt... von seinem teuflischen Plan konnte niemand etwas ahnen..."

"Danke, daß Sie das sagen..."

Zirner erhob sich.

"Und jetzt nehmen Sie eine Woche Urlaub, ich hoffe Ihr Freund wird Sie begleiten..."

Nina sah Gregor lächelnd an, beide standen auf.

"Es ist für uns beide wie eine Wiedergeburt..."

9

Es war typisches Aprilwetter, als Nina und Gregor in dessen Auto gemächlich aus der Stadt hinausfuhren. Mal stach die Sonne grell von einem blauen Himmel herunter, mal wurde sie jäh von Regenwolken verdunkelt.

Nina hatte zum ersten Mal seit langer Zeit gut geschlafen und wieder Farbe im Gesicht, bei Gregor war die Lässigkeit zurück, nur ein breites Pflaster um sein linkes Handgelenk zeugte noch vom gestrigen Drama. Nina drehte eine Weile an den Radiosendern herum und machte dann wieder aus.

"Meinst du, wir haben uns richtig entschieden? Ist Wellneß nicht etwas für alte Leute?"

Gregor drehte ihr sein Gesicht mit dem gepflegten Dreitagebart zu.

"Wenn man darunter nur Tiefenmassage, Waldspaziergänge und Dinner bei Kerzenschein versteht, dann schon..."

Nina spielte die Unschuldige.

"Und was macht den Unterschied?"

Gregors wölfisches Grinsen verstärkte sich.

"Es soll da so Spielchen geben... die spielt man nackt..."

"Fangen sie mit <S> an?"

"Ja, und sie enden gewöhnlich mit einer gewaltigen Explosion..."

"Ich bin dabei..."

Gregor zeigte seine Zähne.

"Das wirst du nicht überleben..."

Sie lachten und fuhren eine Weile schweigend dahin, dann wurde Nina auf einmal ernst.

"Gregor?"

"Ja?"

"Es ist eine Menge passiert, und ich bin nicht auf alles stolz, was ich getan habe..."

"Du warst enorm unter Druck..."

"Das entschuldigt nicht alles..."

"Du meinst die Sache mit Kaufmann... Marin..."

Nina wandte sich ihm unsicher zu, Gregor zögerte.

"Es übersteigt jede Vorstellungskraft, aber mit meinem Egoismus habe ich dich ihm förmlich in die Arme getrieben..."

Nina nickte unglücklich.

"Er schien so mitfühlend, so empathisch... als hätte er mich hypnotisiert..."

"Wir müssen nicht darüber reden... nicht jetzt..."

"Doch! Denn ich schäme mich sosehr..."

Gregor warf rasch einen Blick zu Nina hinüber und legte ihr eine Hand auf den Arm.

"Als dein Bruder bei mir auftauchte und nach dir fragte und damit unfreiwillig verriet, daß du über Nacht bei ihm warst, hat mich das vernichtet... ich war innerlich tot... aber dann spürte ich, wie sehr ich mit dir verbunden bin und daß ich dich nicht verlieren wollte, was immer auch geschah..."

Nina sah Gregor an, sie hatte Tränen in den Augen und drückte seine Hand.

"Danke, Gregor... du bist meine Liebe... wie konnte ich mich derart verlieren..."

"Wir wurden geprüft, und wir haben Glück gehabt... außer uns kennt nur dein Bruder dein Geheimnis..."

"Er wird schweigen wie ein Grab, er ist erwachsen geworden..."

Sie waren an der Stadtgrenze angelangt, als das Navi meldete, sie hätten ihr Ziel erreicht. Gregor fuhr an den Straßenrand und sah zu dem Zweifamilienhaus hinüber, das in einem großen Garten stand.

"Das habe ich beinahe vergessen, du wolltest ja Mathilde Helwig besuchen..."

Nina löste den Sicherheitsgurt und lächelte Gregor schelmisch zu.

"Sie würde sich sicher freuen, wenn du mich begleitest..."

"Sie kennt mich doch gar nicht..."

"Genau deswegen... sie besitzt eine untrügliche Menschenkenntnis..."

"Ich verstehe... Sicherheitscheck..."

"Ich kann doch nicht zweimal denselben Fehler begehen..."

Nina drückte Gregor einen langen, intensiven Kuß auf den Mund und stieg aus. Gregor verschloß das Auto und folgte ihr die paar Stufen zum Eingang hinauf.

In diesem Augenblick schoß die Sonne zwischen vorbeiziehenden Wolken hervor, verdunkelte sich gleich wieder und blitzte noch zweimal durch ein paar Wolkenfetzen hindurch, ehe sie endgültig verschwand, ganz so, als zwinkerte sie den beiden zu.

Zeitfracht Medien GmbH
Ferdinand-Jühlke-Straße 7
99095 Erfurt, Deutschland
produktsicherheit@kolibri360.de